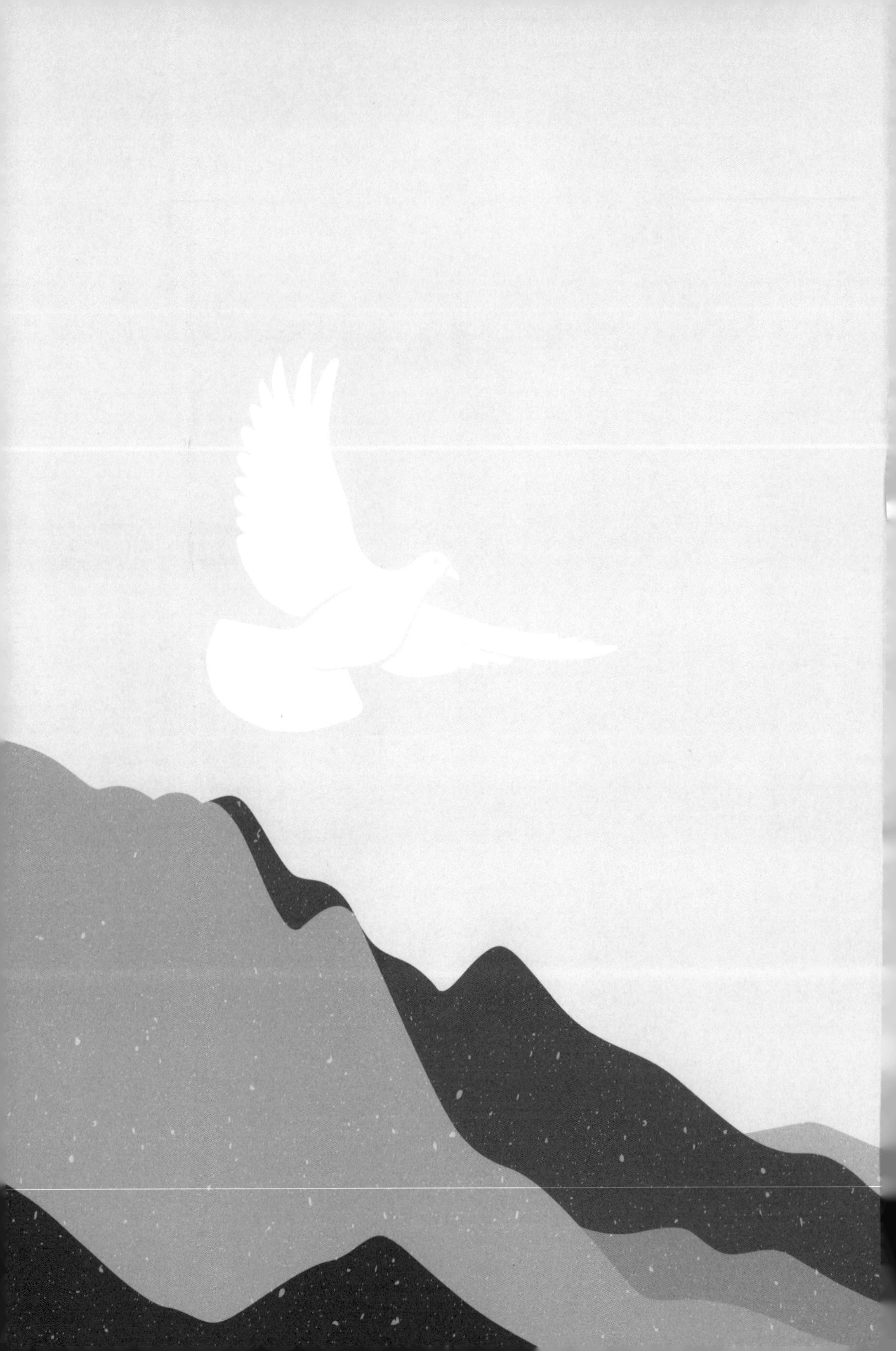

星火接力

刘笑伟　樊卓婧◎著

图书在版编目（CIP）数据

星火接力 / 刘笑伟，樊卓婧著. -- 宁波：宁波出版社，2024.3（2024.4重印）
ISBN 978-7-5526-5321-2

Ⅰ. ①星… Ⅱ. ①刘… ②樊… Ⅲ. ①纪实文学－作品集－中国－当代 Ⅳ. ①I25

中国国家版本馆CIP数据核字（2024）第048551号

星火接力

刘笑伟　樊卓婧　著

出版发行	宁波出版社
地　　址	宁波市甬江大道1号宁波书城8号楼6楼
邮　　编	315040
联系电话	0574-87341015
策　　划	袁志坚
责任编辑	苗梁婕　徐　飞
装帧设计	马　力
责任校对	叶呈圆
责任印制	陈　钰
印　　刷	宁波白云印刷有限公司
开　　本	710毫米×1000毫米　1/16
印　　张	14
字　　数	170千
版　　次	2024年3月第1版
印　　次	2024年4月第2次印刷
标准书号	ISBN 978-7-5526-5321-2
定　　价	60.00元

本书若有倒装缺页影响阅读，请与出版社联系调换，电话：0574-87248279

"风烟滚滚唱英雄,四面青山侧耳听。"缅怀祭奠英烈,常言不尽而歌之。

词牌,是填词所依据的乐调的名称。这个新时代志愿服务团队崇尚英雄、缅怀先烈、为烈士寻亲的故事,常让人有"言不尽而歌之"之感。本书每一章都使用了一个词牌名,每个词牌名都代表着一种独特的旋律。

——题记

目 录

幕前曲·英雄归来 001

第一章
少年游·家事与国事

01	爷爷是兵，外公是兵，爸爸也是兵	009
02	那么多人付出了生命，到底有多少人会被记得	013
03	这是一场看不见硝烟的战争	015
04	这些老兵，拍一个少一个，先记录下来	016
05	是"旅程"，而不是"旅游"	019
06	人言落日是天涯，望极天涯不见家	022
07	所有为国牺牲的人都应该被记住、被怀念	026

第二章

一枝春·我为烈士来寻亲

08 "我出生前，我爸已经牺牲了" ··· 036
09 "手机里的英烈墙，真长啊，字真小啊" ····························· 039
10 "错一个字，他们就找不到家了" ······································ 041

第三章

九回肠·赴朝鲜祭扫的特殊"志愿者"

11 寻找父辈们的光荣 ·· 049
12 70岁的儿子，来寻找30岁的父亲 ···································· 052
13 这名特殊的团队成员，有三个父亲 ·································· 056
14 到了这儿以后，要可劲地喊爸爸 ···································· 062
15 烈士生前的最后场景，经战友口口相传，终于传到了家人那里 ··· 066
16 回到国内，一定让你们享受最高礼遇 ······························· 071

第四章

满庭芳·追光的人们

17	我也是军人的后代，想加入为烈士寻亲的队伍	078
18	寻找烈士墓，每一次寻找，都是一次传奇和感动	080
19	这个过程很辛苦，一点也不浪漫、不刺激	082
20	她从来没有见过这样的仪式	085
21	谢谢小赵，把爸爸带回到我们身边	088
22	他们都有一双"火眼金睛"	090
23	建立属于自己的英烈数据库	097
24	从志愿者到常务理事	100
25	每一个烈士牺牲地，几乎都有一位志愿者"联络员"	105
26	一定要找到上甘岭战役特等功臣的亲人	108
27	整个村庄的热情温暖着她	114
28	"寻亲"是一种爱心的接力	117
29	大声呼喊，将烈士喊回家	124

第五章

万年歌·一个团队与一个时代

30 我们听到了这个时代崇尚英雄、缅怀先烈的最强音 ········ 136

31 父女两代人的"烈士词典" ································ 141

32 将为烈士整理资料作为毕生的事业 ······················ 146

33 要一代代一直找下去,直到让他叶落归根 ················ 150

34 将英雄从一个符号还原成一个活生生的、有血有肉的人 ···· 160

35 传承好一代又一代中国人身上流淌的英雄气,让中华民族生生不息
　　·· 164

第六章

望海潮·"最美志愿者"走向未来

36 节目的最后藏着一个惊喜,残缺的全家福竟然神奇地"复原"了 ··· 178

37 在天安门广场观礼时,她带去了这张父亲的画像 ·········· 190

38 "得想办法让他们对先烈的故事感兴趣" ················ 193

39 每一位烈士终将被接回温暖的家园 ······················ 204

尾声　烈士的墓碑与民族的丰碑　　　　　　　　 210

幕前曲

英雄归来

春风浩荡,天空湛蓝。

那一天,是刻进孙嘉怿生命印迹的一天。

一个人一生中总会有几个关键时刻。那一天,是孙嘉怿人生的一个转折点。

孙嘉怿是谁?曾经,她是一个梦想创业的"新潮"青年;后来,她成为互联网上"我为烈士来寻亲"志愿服务活动的发起人。

2014年,党的十八大已胜利召开两年,互联网上一度甚嚣尘上的历史虚无主义得到了一定程度的遏制。

"党的十八大前,一些所谓网络大V掀起了否定祖先、否定中华文化,诋毁英烈、诋毁党和人民军队创造的辉煌历史的高潮。"孙嘉怿说。

调侃邱少云在烈火中一动不动违背生理学,炒作董存瑞炸碉堡是虚构的,叫嚣黄继光堵枪眼不合理……互联网上集中出现的这些恶搞、抹黑革命先烈的谣言,产生了极其恶劣的影响。孙嘉怿清楚地记得,那些污蔑英雄先烈的人,对于人民群众的质疑,要么不回应,要么轻飘飘道个歉就过去了。

党的十八大以后,我们走进了一个令所有中国人都神采飞扬的新时代。100多年来饱经风霜的中华民族,终于可以扬眉吐气地告诉世界:中华民族伟大复兴的中国梦,离我们如此之近!

中国站在了一个新的历史起点上。

在全社会树立崇尚英雄、缅怀先烈的良好风尚,是新的历史起点的一部分。

2014年3月28日,搭载437具中国人民志愿军烈士遗骸的专机降落在沈阳桃仙国际机场。这一天,离开祖国60多年的烈士英灵回归故里;这一天,也在无数人心中埋下了崇尚英雄、缅怀先烈的种子。

首批437位中国人民志愿军烈士回家了!运送烈士遗骸的专机从韩国仁川机场出发,进入中国领空后,由空军派出的两架歼-11B战机接迎护航,祖国用最高礼遇接烈士们回家。有评论指出:这段仅几百公里的归程,烈士们却等了半个多世纪,但万家灯火、深情目光都为烈士们点亮,久久等候的祖国山河,没有一刻忘却他们。

那一天,孙嘉怿就坐在电视机前,观看着烈士回家的一幕幕。

"我们是东方航空056航班,运送志愿军战士遗骸前往沈阳。"

"欢迎志愿军忠烈回国,我部飞机两架,奉命为你全程护航!"

民航客机与空军战机的对话,仿佛穿越了时空,在蓝天丽日间久久回荡。

在孙嘉怿看来,那一天的每一分每一秒都是庄严神圣的——

11时30分,中国政府在沈阳桃仙国际机场举行隆重的迎接仪式。

12时许,礼兵护送437具志愿军烈士遗骸棺椁上灵车。孙嘉怿清晰地记得,那一天的风很大,礼兵们的动作既缓慢又有力。他们双手捧着国旗覆盖的烈士遗骸棺椁,风吹起国旗的一角,仿佛诉说着英烈对祖国强烈的思念之情。

从全国各地赶到沈阳的志愿军后代们,手捧菊花,臂缠黑纱,满眼含泪。"迎接亲人回家"的白色条幅,在风中格外引人注目。

之后,礼兵护送志愿军烈士遗骸棺椁上灵车,赴抗美援朝烈士陵园,437具烈士遗骸被安放在苍松翠柏之间。这些在外漂泊了60余年的先烈英灵,终于回家了!

是啊,60多年来,人民没有忘记中国人民志愿军所建立的不朽功勋,没有忘记那些创造了气壮山河英雄事迹的志愿军将士,没有忘记牺牲在异国他乡的烈士们!

迁回在韩志愿军烈士遗骸那一天,牵动了全国人民最深厚的情感。祖国为先烈们举行的最隆重的迎接仪式,就是最真的怀念、最深的敬意、最高的褒扬!

山河已无恙,先烈踏归程。志愿军烈士们回家了。

那一天,孙嘉怿也想了很多很多。

晚上,孙嘉怿静下心来,感受着宁波美丽深沉的夜色。坐在窗边,孙嘉怿隐隐感觉到远方有一束深沉的光芒。

刹那间,那束光芒照亮了孙嘉怿的心路。在这样的夜晚,或许很多人忘记了,抗美援朝战争中,年轻的官兵们发扬英勇顽强、舍生忘死的革命英雄主义精神,充分展示了敢打必胜的血性铁骨。牺牲的志愿军官兵虽已长眠地下,但他们的信仰还在,他们的精神永存:比山脉更坚固的是志愿军将士的信仰,比钢铁更坚硬的是志愿军将士的骨骸。那一次次冲锋向前的身影,比雕像更生动,比岩石更久远,比太阳更绚烂!

鸭绿江水,无言流淌。灯火安谧处,是今天和平而惬意的生活。仰望远方许久之后,孙嘉怿问丈夫小林:你说人最宝贵的东西是什么?小林答曰:不外乎生命、健康、亲情与自由。

孙嘉怿问:有那么一群人,可以牺牲自己的生命保家卫国,可以不顾自己的健康爬冰卧雪,可以割舍自己的亲情长期在外,可以抛去自己的自由接受纪律的约束……他们是谁?

小林答:当然是军人,守卫我们和平生活的军人。

孙嘉怿感慨:是的,一个可以舍弃最宝贵东西的人,一定是最值得崇敬的人。过去是,现在是,将来亦是。这些人,应该成为我们心目中的英雄。

夜风徐徐,仿佛能在心头吹起涟漪。孙嘉怿忽然又问:你知道英雄最怕什么吗? 小林惊愕:英雄死都不怕,会怕什么?

孙嘉怿答:他们最怕自己为之献出生命的事业不被人珍惜,他们也怕被遗忘,哪怕牺牲了,也最怕失去和亲人的联系……

在夜色中,孙嘉怿和丈夫聊了很久很久。她分明看到了一群又一群年轻的战士,头顶红星,身披彩霞,在历史的天空中接续穿过。

他们的身上,带有永远不灭的光芒,让大地更加神圣,让夜空更加皎洁。

英雄,我们永远不应该忘记。

第一章

少年游·

家事与国事

"全国最美志愿者""最美拥军人物"孙嘉怿坐在我们面前。

清秀的面庞,大大的眼睛,这位宁波姑娘说起话来像机关枪发射一样,快速又流畅。

一个人花费极大的精力去做一件事,一定会有相应的思想基础。孙嘉怿为什么不图任何回报,多年来全身心投入为烈士寻亲的志愿服务项目呢?

孙嘉怿向我们打开了话匣子。

01
爷爷是兵,外公是兵,爸爸也是兵

家庭的影响无疑是最关键的。

孙嘉怿的爷爷是个老兵。

四明山区,是浙东抗日根据地,那里是孙嘉怿爷爷的老家。爷爷的出生地在余姚芝林,离宁波城区不过半个多小时车程。这里山清水秀,特别适合周末度假。草木葳蕤,溪水清澈,孩子喜欢赤足溪中,低头捕捉石间游走的透明细虾,山间的笑语可以随着风传到很远的地方。

但这里有爷爷家族最悲伤的记忆。

小时候,孙嘉怿经常听爷爷给她讲当年的事——

在旧中国,人民生活得太悲惨了。父母生了六个孩子,活到新社会的只有我一个。我的长姐孙金浓,在躲避日军扫荡时死于难产。日本人走后,国民党军队又入村抢劫,把只有8岁的弟弟松良活活打死了。后来,二姐桂浓死于伤寒,三姐秀浓还没出嫁就死于霍乱。1946年,因为这一连串的打击,悲愤交加的母亲也撒手人寰。母亲离世前,给两个儿子分了家。但我哥哥松仁死于1949年的早春,没有等到新中国的诞生。当时,处于强弩之末还在拼命挣扎的国民党军队封锁了四明山区,扣押了所有沿江渡船。村民急着将春笋拿到集市上卖以求度日,只得找了一艘年久失修的船来摆渡,结果行至河姆渡中央,船沉了,两个人落水遇难,其中一个便是新婚不久的哥哥。第二年,52岁的父亲也因贫病交加走到了人生的尽头。

送走最后一个亲人的时候,爷爷只有22岁。

生活的苦难让他从小就认识到:只有中国共产党,才能给人民带来幸福。他打小就是抗日儿童团团员,站岗放哨、送情报都干过。多年以后,从小经历命运无常的爷爷告诉孙嘉怿:谁都不喜欢打仗,但有些正义的战争必须打;谁都不想死去,但有些人愿意牺牲,因为少数人的牺牲可以换来长久的太平。革命先烈就是这样的人。这样的人的牺牲,特别值得我们铭记。

孙嘉怿的外公也是个老兵。

孙嘉怿说,外公家五代单传,他瞒着家人偷偷报名参加中国人民志愿军,去了朝鲜战场,经历九死一生后回来。他不顾家人反对,娶了有海外关系的外婆。

孙嘉怿说,外婆是个美人,哪怕上了年纪,从白皙的皮肤和眼角眉梢的神韵依然能看出当年的美貌。

孙嘉怿回忆:"我妈说,灵桥附近好多房子,以前都是外婆家的。外公是货郎的儿子,从小就积极要求进步。后来,外婆的兄弟姐妹去了香港、台湾,又辗转到国外定居,留在父母身边的她因为这些海外关系受了很多冷眼。而此时,外公已是抗美援朝归国的英雄,他偏偏喜欢上了出身不好的外婆。

"这些都是外公对妈妈讲的,他身体一直不好,一到换季就咳,走几步就喘,所以家里的活基本都是外婆干。外公开玩笑说,自己不仅打败了美帝国主义,还改造好了资本家小姐。

"但外公40多岁就走了,临终时叮嘱我妈,以后要照顾好外婆。抗美援朝战场的严酷环境严重影响了外公的健康,他年轻时以为影响不大,没想到越到后来越严重,总归拖累了外婆,也拖累了一家人。"

孙嘉怿告诉我们,外公的病是肺结核的后遗症。外公说,他从来没有后悔为国而战,命都是国家的,不管牺牲还是凯旋,都是荣耀。只是没想到,他没被正面的较量打败,却被战场上留下的疾病折磨了这么多年。外公说,他无愧国家,但终究亏欠了妻儿。

孙嘉怿说，外公还有一个遗憾，就是因为外婆的"成分"而一直没能加入中国共产党。"我入党后的第一件事就是到他的墓前汇报，我知道这是最让外公欣慰的事。"

孙嘉怿说，她对外公的唯一印象，是在外婆家翻出过一只铁盒，里面有外公的两枚勋章，一本红红的证书，还有一张照片，上面写着"1954年：哈尔滨双城纪念"。外婆当时轻叹一声，说这是外公从朝鲜回来后住的疗养院，战场上落下的毛病一直没有好……

照片中，孙嘉怿的外公戴着两枚勋章，很神气。

"他有一双细长的眼睛，一对招风耳。我妈这样，我也这样。"孙嘉怿笑着说。

孙嘉怿的爸爸也是个老兵。

孙嘉怿说，那一年，爸爸在青岛当海军，本来是要上前线的。上前线前每个人都要写一封遗书，由部队保管，另外再写一封家书回去，大概是让亲人安心的意思。按照保密要求，爸爸只说这里一切都好，他会好好干，为祖国争光，为家乡添彩。收到信，奶奶的脸沉下来。爷爷说：你慌什么，信里不是说没什么事吗？奶奶说：没事你儿子会写这种信回来？联想到当时的形势，爷爷也猜出了几分，但他什么也没说，只劝老伴不要七想八想。奶奶也不追问，她知道爷爷是共产党员，共产党员的孩子总是要冲在前面的。想来想去，他们拿出全部积蓄，凑了300元钱，连同几件衣服一起寄给爸爸。

孙嘉怿说，后来因为战略调整，爸爸最终没有上前线。1982年退伍前收拾东西，他看到家里寄给自己的那笔"巨款"，百感交集。很多上了前线的人没能回来，自己没去，也说不清楚是庆幸还是遗憾。他总觉得这一段路还没有走完,便没有直接回家,而是去了北京,去天安门看了升旗,爬了长城。看到关外的荒草斜阳,他又去了内蒙古,然后一路南下,直到把这 300 元钱全花完了才回家。

孙嘉怿说,一大笔钱花完了,爸爸担心会被爷爷奶奶骂一顿,但重逢的喜悦冲淡了一切,谁也没提这事,多年后也只当笑话一样说。后来,爸爸当过城管和交警,他在大街上态度和蔼地劝人不要闯红灯、不要乱摆摊的样子,常让人觉得他不够硬气。真没想到他当过兵,还差点上了战场。

"后来我常常想,他的不够硬气,或许是一种爱吧。"孙嘉怿说。

02
那么多人付出了生命,到底有多少人会被记得

小时候,关于家事,孙嘉怿有太多太多问题。

外公那张在双城疗养的照片还在,但放着勋章和证书的铁盒却不知去向。孙嘉怿的妈妈想了很久,说好像外婆去世后,她就再也没有看到过那只盒子了。

孙嘉怿还想知道更多关于外公在朝鲜战场上的细节,"但我妈的记忆却一片模糊,总是后悔地说当时应该仔细问一问哪"。

妈妈常常对孙嘉怿说,小时候外公带她去看过一部叫《奇袭白虎团》的电影。电影讲的是在金城战役中,13 名志愿军侦察兵在朝鲜军民的协

助下,化装成敌军,策应主力部队摧毁敌军团部的事。外公说他也是侦察兵,经常昼伏夜出去前线,特别危险。妈妈很激动地问过外公:你们杀了多少美国鬼子呀?外公回答,他没有刻意去记,就像他也不记得牺牲了多少战友。对于战友的牺牲,他是不敢去记,每次出去执行任务,最怕的是回来的时候统计人数,叫到名字没人应,就晓得这个战友大概再也见不到了。新战友补充进来,有时候连名字都来不及记住,人又牺牲了,但会一直记得他们的面孔,记得他们前一天笑的样子。

妈妈还记得外公讲的另一件事。抗美援朝战争打到最后,停战协议签订,休战的消息一层层传下来,旁边有个小战士太开心了,立马从战壕里站起来欢呼。不想敌人放了冷枪,二十岁不到的后生,就这样倒了下去。就在这时,休战的信号弹点亮夜空,各个山头的战士都跳起来拥抱、欢呼,但倒下的人看不到这一幕了。

外公讲这件事的时候,深深地为这个战士遗憾:"他死得最冤枉,再晚几秒,只要几秒,他就可以回家了。关键是,他叫什么名字,家是哪里的,家里还有什么亲人,我都不知道。"

外公的遗憾,成为孙嘉怿心中隐隐的痛。如果外公还在,她会好好问一问:当年他们在哪一支部队?小战士是什么时候来的?长什么样?可惜,她没有这样的机会了。外公去世后,家里人连外公的基本资料都找不到了。外婆去世后,她住的和丰纱厂一带因为城市改造,发生了天翻地覆的变化,外婆家也不在了。这段往事,只留在孙嘉怿模糊的记忆里。

后来,孙嘉怿问了很多部门,也在网络上打听:抗美援朝时,宁波出发的志愿军战士是在哪一支部队?去了朝鲜哪里?但一直没有答案。

"那么多人付出了生命,到底有多少人会被记得?哪怕仅仅是被家人记得?"这样的想法,在孙嘉怿心中久久盘桓。

03
这是一场看不见硝烟的战争

孙嘉怿平时快人快语、大大咧咧,却非常善于思考。党的十八大前,刚参加工作的孙嘉怿,对一个问题思考了很久。

她和许多"85后"一样,是在互联网环境中成长起来的一代。她隐隐约约地感觉到,总有那么一些人,一些势力,在网络上不遗余力地散布历史虚无主义的观点。更令人气愤的是,这些人还抹黑人民英雄。这是为什么?

最开始,这还没有引起她的警惕。她觉得,只要我们把自己的事情做好,这些谣言就会不攻自破。但这些数量庞大、策划精心、推送迅速的网文,真的只是简单的谣言吗?抹黑中国革命英雄的一系列段子在网上流行,沉渣泛起,必有原因。有人说"这是一场看不见硝烟的战争",孙嘉怿对此是认同的。

孙嘉怿和老师、同学们探讨过这个问题。有位老师说,中国实行改革开放以来,一直强调并注重学习西方发达国家一些先进文明的有益成果。与此同时,一些西方国家试图对我国打"一场没有硝烟的战争"。这场没有硝烟的战争,在尼克松看来,就是对中国打"攻心战"。尼克松在《1999年:不战而胜》一书中指出:必须动用我们的军事、经济和技术力量、手段,诱使社会主义国家"和平演变",开展"意识形态斗争",打"攻心战"。

当有一天,中国的年轻人不再相信他们的历史传统和民族精神的时候,就是美国人不战而胜的时候!

孙嘉怿反问:倡导"自由"的美国人,如何对待抹黑英雄的人?她当时在网络上看到了这样一件事:一名美国女子,不知道脑子哪里"短路"了,竟然在美国著名的阿灵顿公墓的无名烈士墓前拍了竖中指的照片,并传到社交网站上。这名美国女子的行为,引发了美国网民的极大愤怒。她的页面被删了——即使在美国,网络也不是绝对"自由"的"虚拟空间"!这名女子在社交网站上遭到了猛烈的斥责,愤怒的美国网民还发起了一项倡议,要求她的雇主立刻辞退她!这一倡议很快就获得了1.9万个赞。她最终被开除了。

04

这些老兵,拍一个少一个,先记录下来

2010年前后,孙嘉怿在北京实习时,认识了一个"导演"。这个"导演"带她去采访过一位抗战老兵。

在我们采访孙嘉怿的酒店里,有一个茶室。泡上一壶茶,我们开始听孙嘉怿的快人快语。实录如下:

这个"导演"好像姓赖,大家叫他"赖子"。赖子剃平头,小眼

睛，戴银项链，标准的社会青年的样子。

有一天晚上十点多，他说不玩了，要早点回家，"明天要拍片子"。

"哟，你真是导演啊。"

"废话，不信一起去？"

"你拍啥？"

"纪录片。明天采访参加过抗战的八路军老兵。"

"啊……那去吧。"

我当时是个挺"矛盾"的人，既有受家庭教育的传统一面，也有当时小青年那种叛逆的个性。那时，我在北京实习，每天有大把的时间可以挥霍。当初选择旅游专业，以为当导游好玩，可以不花钱游遍万水千山。后来才发现，将来更可能是十年如一日周旋在同一个地方，扯个小旗子对着一茬又一茬的面孔重复："欢迎大家来到故宫……""欢迎大家来到颐和园……""欢迎大家来到长城……"

有一阵子在故宫带团，明晃晃的太阳下，都看不大清游客的脸。乌泱泱的一堆人涌上来的时候，我感觉自己和他们是平行世界里的人。我在背我的解说词，他们在说笑，在找拍照的角度，在喋喋不休强迫孩子多听多记一点……

微风吹拂，茶香氤氲。我们倾听着孙嘉怿诉说自己的心路历程，也感受着这些年来，因为一项自己钟情的事业，一个人发生了多么巨大的改变：

那时的我是那种在人群里很容易被一眼认出来的人。我穿亮闪闪的T恤、破洞热裤,头发挑染了三四种颜色,还编一条条细细的小辫;那时流行打耳洞,别人打一个,我一连打三个,别人打三个,我就打五个,最多的时候一边打十一个,叮叮当当到处晃。

当时,我认识了一群朋友打发无聊时光,其中就有赖子。他后来告诉我,带我去是因为我长得天真讨喜,老人都喜欢我这种笑眯眯、喜洋洋的样子。

我挂着两根耳机线,一边哼着歌,一边跟着他倒地铁。最后七拐八拐地走进地坛公园附近的一个老小区,看到老人我就迎上去亲亲热热地叫"爷爷",他果然笑得脸上如同开了一朵花。

我已经想不起来老人叫什么名字了,但一直记得第一次见到老人时心里的诧异感。赖子说,他是杀敌无数、九死一生的英雄,身上有很多弹痕。但我看到的英雄,穿着松松垮垮的老头汗衫,软塌塌的衣摆在电扇吹出的风里微微抖动。他招呼我们吃西瓜,反复强调是沙瓤的,特别甜。我那一声"爷爷"完全发自肺腑,因为他给我的感觉真的很像我自己的爷爷。

摄像机架好,麦克风夹在老头汗衫的领口,采访开始了。先是拘谨小心的,问一句答一句,慢慢地,说到小时候日本帝国主义的侵华行径,老人的话匣子突然打开,越说越激动。他甚至抽出我手中的笔,去画儿时村庄的样子,日军从哪里进来,烧了哪里的屋子,娘在哪里把他藏起来……回忆像一道泄洪的闸门,一旦打开,奔腾的水流就停不下来。我听着听着就走神了,又想到自己的爷爷。如果摄像机放到我爷爷面前,如果他有这样被认真聆听的机会,他会怎么说?

爷爷也是老兵。过去的20多年里,在我和表姐表弟淘气的时候,在我们不好好念书不好好吃饭的时候,或者失手打坏了什么东西的时候,他会皱起眉头说:"你们真是作孽,我们小时候……"

眼前的老人也用同样的目光看着我和赖子,那天他讲了一个下午。也许是因为老了,也许是因为沉默了太久,被采访者常常答非所问、语焉不详,要聊很久才能理清大致的脉络。

我问赖子:要做一个什么样的片子?

他说他也不知道,不管怎样,这些老兵,拍一个少一个,先记录下来。

他推荐我去看电视连续剧《我的团长我的团》。这个剧当时很火,由《士兵突击》的原班人马打造,有人说好看,有人说比《士兵突击》差远了。我应了一声,也没太上心。

他说,你去看看吧,看了以后你就明白了。

05

是"旅程",而不是"旅游"

采访孙嘉怿很顺畅,她大方又热情,表达能力强,几乎有问必答,而且她描述事情很生动,采访后略加整理就可以了。

倒上一杯茶，打开录音笔，我们继续听她讲她的"家事与国事"：

一开始我不觉得《我的团长我的团》这个剧有什么好看的，有一搭没一搭地看。已经记不清哪一刻开始就看进去了，反正看着看着，突然会有那么一两句台词冒出来，戳心戳肺。

龙文章的那场庭审，我看了好几遍。虞啸卿问冒充团长的龙文章在哪儿学的打仗，说他那些打法"简直是断子绝孙"，龙文章脸色一滞，扭头看了战友一眼，迟疑着说：

"我去过的那些地方和我们没了的地方。北平的爆肚、涮肉、皇城根，南京的干丝烧卖，还有销金的秦淮风月，上海的润饼、蚵仔煎，看得我直瞪眼的花花世界，天津的麻花、狗不理，广州的艇仔粥和肠粉，旅顺口的咸鱼饼子和炮台，东北地三鲜、酸菜白肉炖粉条，火宫殿的鸭血汤、臭豆腐，还有被打成粉了的长沙城……没了，都没了！"

段奕宏那场戏演得真好，一字一句，越说越快，远远地响起嘈杂而荒凉的市井背景音，剧里的人吸溜着口水听，边吃饭边看剧的人却不由放下了筷子，只觉心里被什么东西压着，特别沉。

他接着说："没涵养不用亲眼看见半个中国都没了才开始心痛和发急，没涵养不用等到中国人都死光了才开始发急心痛。好大的河山，有些地方我也没去过，但是去没去过铁骊、扶余、呼伦池、贝尔池、海拉尔和长白山、大兴安、小兴安、营口、安东、老哈河呢？承德、郭家屯、万全、滦河、白河、桑乾河、北平、天津、济源、镇头包、历城、道口、阳曲、开封、鄢城，对吧？……三两个字就一方水土一方人，一场大败和天文数字的人命……"

"三两个字就一方水土一方人",这句话一晃而过,段奕宏表现得很克制,一点都不慷慨激昂,像平常说话一样。但几遍看下来,那历尽风雪、哀而不伤的语气像印在了我心里,总在我耳边盘旋。一个想法冒了出来。

"一个人大概就是被去过的一个又一个地方、看过的一处又一处山水一点点改变的吧。"我跟赖子说。

"所以呢?"

"所以我知道以后要做什么了!谢谢你推荐这个剧,我不光受了教育,还找到了人生方向。"

回到宁波,我把爸爸、妈妈和爷爷、奶奶召集在一起,开了个家庭会议,给他们详细地介绍了我的职业规划——

我说,中国这么大,不能天天就跑这么几条线。我不要每天对着不同的人讲同一条线,我要出去闯一闯,看一看不同的风景,开发新的线路,做小团,带更多的人"深度游",不光看风景,还要感受"一方水土一方人",了解这片土地上发生的一切。广告词我都想好了——"把走过的每一段路,到过的每一个地方,当作生命中的'旅程',而不是'旅游'"。

爷爷笑眯眯地问我:从哪里开始?看好地方了吗?他大概觉得,小年轻就是满脑子不切实际的瞎想,不会有实际行动。

"云南,龙陵,松山。"孙嘉怿在地图上指给爷爷看中国西南边陲那一个小小的点,兴奋地介绍:云南省腾冲市龙陵县腊勐乡一座叫作松山的山,一座架在滇缅边境的山,一座因成为电视剧中的场景而越来越有名的山。

《我的团长我的团》的编剧兰晓龙 2007 年在这里发现了一块墓碑。

一块两平方米的墓碑,上面什么都没有。

兰晓龙在一次采访中说,他当时在想:这里究竟埋了谁呢?上前一看,整个人都傻掉了,脑袋"轰"地一下炸开了。

这里是中国远征军松山战役的遗址,墓碑上没有名字,墓碑下埋了几千人。

昆明、大理、丽江……云南的旅游目的地那么多。但还有一个叫龙陵的地方,有一座松山,过去大家都不太知道。孙嘉怿想先去看看,探出一条路来:"现在《我的团长我的团》这么火,等我开发出一条线来,只要故事讲得好,肯定也会很火!"

爷爷一直没有表态,听完后只是淡淡地说了句:"去看看也好。看过,你就知道什么叫打仗了。"

06

人言落日是天涯,望极天涯不见家

2010 年,从宁波出发去龙陵,飞机只能到昆明,不能飞更远了。从昆明到腾冲,还需要坐 10 多个小时的大巴。腾冲号称"最大的翡翠玉石集散地",人来人往,热闹得很。但腾冲去龙陵的客车很少,车站里全是拉客的黑车。一见孙嘉怿这样的年轻背包客,司机一窝蜂地拥上来,手上都举着《我的团长我的团》的剧照:"龙陵去吗?松山去吗?"

原来蹭热点的人不少。

孙嘉怿在腾冲住了一晚,第二天找了一辆车,先到龙陵县城,再转去40公里开外的松山,一晃又是大半天。中间有一段睡着了,被司机叫醒,说要过桥了。

迷迷糊糊地下了车,著名的惠通桥出现在孙嘉怿眼前,让人猝不及防。

这座影响中国抗战史的吊桥比孙嘉怿想象中的要窄一些,感觉勉勉强强可以开过一辆车。隔着数十米远的距离远观,它更像一个细细小小的模型,安安静静地架在两侧悬崖间。走近了,你就会发现这里红漆斑驳,铁索依旧,只是桥上木板已被抽去,仅留桥塔和桥架,让人不自觉地屏声静气,放慢脚步。抬眼看,青山之巅,天空深蓝,白云来去,宛若大海上波涛起伏。

过了桥,就是松山了。

到大垭口村边松山战役遗址的时候,已经是下午四五点。司机说有点晚了,建议孙嘉怿在附近找个民宿先住下来,第二天再去看。

一辆黑色越野车停在孙嘉怿身边,这辆车她在惠通桥上就留意过,因为是贵州省贵阳市的牌照。当时,一位五六十岁的叔叔从车上下来,对开车的阿姨说:"你开到对面等我,这座桥我要走一走。"

阿姨点头:"来这里打过仗的人,应该都曾经过这座桥吧?"

再次遇到,孙嘉怿实在忍不住好奇地问:"你们是从贵州开过来的吗?是不是要开好几天?"

"是啊,一千多公里呢。我们也不急,慢慢开,差不多四五天。"

"那你们现在进去吗?"

虽是黄昏,但陆续也有人进去。阿姨看着叔叔,叔叔迟疑了一下:

"都到这儿了,先进去看看吧。小姑娘一起?"

孙嘉怿正等着这句话呢。有他们做伴,再好不过了。

入口处有一棵小叶榕树,这是见证当年战争的一棵树,它伤痕累累,树干部分被炮弹轰出了一个大坑。它很幸运,劫后余生,但很多人没有这样的幸运。

这里地势陡峭,易守难攻,日军曾在这里构筑了坚固的钢筋水泥工事,宣称松山是"东方的马其诺防线"。

孙嘉怿是自来熟,看什么都新奇,特别有表达欲:"松山战役我方伤亡7763人,战损比1∶6.2。我们要牺牲6.2个人,才能打死一个鬼子。"

孙嘉怿绘声绘色地连说带比画,根本没留意到这两人都没吭声。过了一会儿,叔叔说:"我的爷爷,可能就是其中之一。"

孙嘉怿愣住了,一时不知道说什么,心里直怪自己多嘴。

阿姨努力打破尴尬:"不要吓唬人家小姑娘,都过去多少年了,又不确定的。"

叔叔点头:"是啊,我也不确定。小时候我听奶奶说,爷爷在云南打仗,后来就一直没回去,没有任何消息,反正……没了就是没了。我算算时间,可能就是在这儿,但也说不准,打仗嘛,谁知道呢……"

孙嘉怿不敢再多话了,走着走着,就到了松山的顶峰。

三个人默默地在松山顶上站了很久,直到阿姨轻轻地"哇"了一声。

孙嘉怿顺着她的目光往远方看,也忍不住惊叹:残阳如血,和旁边的云彩融在一起。晚霞缓慢地、深情款款地流淌着,为山川河流镀上了一层浅金色。这大概是孙嘉怿这辈子见过的最难忘的夕阳。

人言落日是天涯,望极天涯不见家。

是留在这里的人太想回家吗?

此次松山之行,更确切地讲,应该是孙嘉怿的一次"市场考察"。她想开发小旅行团的"深度游"模式。

但不管怎样,这次远行,给了孙嘉怿关于战争最初的直观感受。在战争中失去生命的人,及其背后一个个破碎的家庭,让她真切地感受到了他们不是消逝的影子。这次松山之行,对她来说,是一次精神上的洗礼,也为她日后开展"我为烈士来寻亲"公益项目打下了"思想根基"。

叔叔在坑道里捡了一枚落叶,细看了看又放回去:"其实我也不知道爷爷是不是在这里,反正来过了,也就没有遗憾了。"

孙嘉怿忍不住好奇地问道:"那你找过吗?有名字就可以打听啊。"

"哪有那么容易,"叔叔环顾四周,"这里埋了这么多人,有多少名字能留下来,有多少人能被记得?"

山顶上,当年炸毁侵华日军地堡留下的两个大坑,如今早已覆盖上了草木。新中国成立后,这片山峦间建起了新的房屋和村庄。

生活也是这样,难免会经历磨难和毁灭,又会重新生根发芽,一片片叶子、一根根枝条慢慢地长出来。再回头,身后已是一片郁郁葱葱,好像什么也没发生过。

"走吧。"叔叔说。

07
所有为国牺牲的人都应该被记住、被怀念

从云南飞回北京,孙嘉怿想继续留在北京工作。但是妈妈不肯,一个电话一个电话地催她回家。

孙嘉怿回忆道:

一开始是一周一个电话,后来是一天一个、一天两三个。说是只要我回来,做什么她都不干涉,只要一家人齐齐整整在一起。

我想不通一家人为什么非要齐齐整整在一起,她再打过来,我就挂掉。

果然消停了,过两天我爸电话打来:"气归气,电话不能不接,你妈被骗了。"

那是最常见的电信诈骗,我不接妈妈电话后,她收到了一条短信,说我信用卡欠款超额,再不及时还款,就要影响信誉,还可能负刑事责任。她再打电话,我的手机已经打不通了。她以为我还在生着气,又想着我可能在外面遇到了什么事不敢和她说,怕信用卡欠款影响我以后找工作,影响后面一环扣一环的人生大事,越想越慌,就急急忙忙按短信中说的,把"欠款"汇了出去。

我爸在电话那头叹气:"五万块,她真是心痛煞了。你就当

不知道啊,她叫我别告诉你。"

我就是在那一刻心软的:"好吧好吧,你跟她说,我回来就是了。"

真回来了,孙嘉怿的妈妈又不赞同她做旅游了。天天催她,安安稳稳找个班上,抓紧时间找对象。

孙嘉怿说,妈妈永远都是这样,在她心里,没有什么比"安安稳稳"更重要了。

孙嘉怿后来没有做旅游,不是因为妈妈反对,而是经过市场调研和成本核算后发现,"深度游"小团真的很难成行,尤其是松山那种当时交通还不方便的偏远地区。而愿意为了那段历史去的人,也更倾向于自由行。

碰了几次壁以后,孙嘉怿放弃了自己的想法,去一家私企上了班。后来,由于机缘巧合,她与同事小林结了婚。

蜜月旅行,孙嘉怿提议去云南。

小林是那种事事随和的人:"都听你的。"

孙嘉怿那时喜欢抬杠:"什么叫都听我的?这么重要的事你难道从来没计划过吗?没有自己的想法吗?你是不在乎我。"

小林不慌不忙地说:"就是因为在乎,所以你想去哪儿我都陪你呀。"

孙嘉怿说起小林,话题也是一个接一个。她说:

这人就这样,架也吵不起来。我妈说找这样的人是福气,可我总觉得缺了点什么。就像媒体上说的,这一代"80后"男孩自幼被妈妈、外婆、奶奶养大,自幼儿园起,基础教育大都是女老师,往往温和礼貌有余,男子气概不足。

所以我打算带他到当年的战场去看看。

那一年,是2012年。

第一站又是腾冲。在这里,他们遇到一个熟面孔。孙嘉怿惊喜地跑上去:"爷爷,你还认识我吗?"

那是一名90多岁的老兵,家门口摆了一个配钥匙的摊位。两年前,孙嘉怿一个人来腾冲时就遇到过他。邻居说他是浙江籍老兵。

老人听说孙嘉怿是浙江来的,也很高兴,说:"我是义乌人。"

"后来回去过吗?"

"回不去喽,太远了。这么远,回不去喽。"

"你在哪个部队打仗啊?"

他笑眯眯地看着孙嘉怿,答非所问:"打仗苦哇,死了那么多人。还是共产党好,政府好。"

他挨着一扇老旧的木门,门后是小小的、黑漆漆的家。只有一间屋,他应该是一个人住,身边没有亲人,孙嘉怿心里说不清什么滋味,掏出300元钱给他。又觉得自己有些唐突,他会接受一名陌生游客的钱吗?但他没有推辞,满脸皱纹笑成了一朵花,接着说:"共产党好,政府好。"

隔了两年,老人还在配钥匙,还是那样笑眯眯地看着孙嘉怿。

孙嘉怿有了时光倒流的感觉。她又掏出500元钱给他:"爷爷,我是从浙江来的,你还记得吗?"

老人接过钱:"谢谢政府,谢谢领导。共产党好,政府好。"

孙嘉怿反应过来,他把自己当成家乡来的民政部门的工作人员了,上次恐怕也是一样。

小林不等孙嘉怿开口,先握住了老人的手:"爷爷,我们专门来看您,您好好保重身体。"

孙嘉怿明白小林的用意:如果老人把这笔钱当作政府慰问金,他会接受得更心安理得。

孙嘉怿和小林住在和顺镇一家叫作"花大门"的民宿。那是一座有着三百多年历史的四合院,地势相对高,算是当地的地标建筑。青瓦之下是考究的雕梁,飞卷的云纹正对着镂空的墙。主人姓尹,快70岁了,利索地爬上又窄又陡的楼梯,带他们进房间。

"我家岁数最小的就是人,"尹大爷顺手一指墙角绿意葱茏中的兰花,"你看这雪兰都已经有上百年了。"

他说,这是祖上走南闯北留下的基业:"以前,外国传教士住过,远征军住过,解放军也住过。"

孙嘉怿知道腾冲战役时中国远征军住过这里,却不承想解放军也住过,便问:"是解放战争的时候?"

"是剿匪的时候,新中国已经成立了,只是很多人不知道这段历史。"

孙嘉怿用手机上网搜索了一下:新中国成立之初,国民党残部从滇西南逃往缅北,在台湾国民党当局指使下,与先后从德宏、保山、临沧、思茅、西双版纳等地区逃出的地主恶霸武装合流,形成中缅边境上一股顽固的反动势力。在之后的十多年里,这股反动势力多次入境搞破坏,人民解放军驻云南边防部队给予了坚决打击,捍卫了边境地区的和平安宁。

尹大爷说,他小时候见过的解放军,纪律严明,从来不会进屋睡,都睡走廊,真的没有拿过老百姓一针一线,反而常常砍好柴放到后院。远征军就没有那么讲究,就像电视剧里演的那样,会吃一些,拿一些。但老百姓不会计较,"很多兵都还是娃娃,年纪轻轻就跑出来打仗,什么都不懂,过了今天没有明天的,谁会计较啊,只要家里有什么好的,都愿意拿出来"。

尹大爷说:"要是你们去国殇墓园,也可以去看看旁边另一个革命烈士陵园。国殇墓园是纪念抗日远征军的,拍了电视剧以后,这两年名气大起来了。烈士陵园是纪念解放军的,剿匪剿了十来年,解放军牺牲了很多呢。"

"那我们都去看看吧。"小林点点头。

腾冲革命烈士陵园当时是一个在地图上都找不到的地方,孙嘉怪向好几个人打听之后才知道,在那座山头上,一半是远征军的墓,另一半是解放军的墓。两人特意从安葬解放军官兵的那一面上去。烈士陵园里有很多开着白色花朵的树。真像尹大爷说的那样,知道这里的人不多,墓园里特别安静,只听得蜜蜂隐隐约约的嗡嗡声。

墓碑前有简单的烈士生平介绍。小林边看边感慨:"他们都好年轻啊。""这个年纪算大的,三十多岁,应该结过婚,有孩子了吧。他的孩子会记得他吧?"

看着小林唏嘘感慨,孙嘉怪又想起了外公。孙嘉怪一直没有打听到外公在朝鲜的经历,但在网上找到一篇关于他的回忆文章,是他退伍后在浙东针织厂工作时的老同事写的。文章说,外公作为抗美援朝的英雄在厂里做过报告,讲了战场上的难忘经历。在那场报告中,外公也讲到了那个小战士因为过早欢呼而倒在黎明前的事,这和当初他给妈妈讲的一样——外公一直在为无辜生命的逝去而痛惜。

那篇文章,妈妈反复看了很久,然后对孙嘉怪说:"你外公就是这样的人,别人都说他勇敢,其实他就是心肠软。"

回忆让人变得柔软。说到这段往事,孙嘉怿的语气明显变得轻柔了。她继续回忆:

> 不知道是不是外公的缘故,我妈看好的男人都是心肠软、脾气好的,比如我爸,比如小林。
>
> 我当时一直希望丈夫勇敢,这一路却渐渐发现,心软才是更难得的品质。人只有在能感受到别人的时候,心才会变软,才会觉得不忍,才想要去做些什么。我们后来坚持做"我为烈士来寻亲"项目,最开始不是因为勇敢,不是因为英雄主义,只是因为不忍:不忍英雄的孤魂流离在万里之外,不忍英雄的亲人们执着而无助的心悬在寻寻觅觅的路上,不忍大地上野草捧着的一堆堆破碎的骸骨无处安放,不忍一张张残缺的全家福在茫茫人海中变成几代人的伤……

国殇墓园,是孙嘉怿蜜月旅行中的重要一站。

孙嘉怿和小林在沉默的墓碑间行走。走着走着,孙嘉怿又想起了那个配钥匙的老爷爷:"他这么多年一直留在这里,是不是因为战友们都在这里呢?"小林想了想:"有可能吧,那么多人都死了,就他一个人活了下来,所以他也不肯走了。大家觉得他糊涂了,但对他来说,一定有些话一辈子在心里,那是只属于他们的记忆,没有人说,他就不再说了。"

那么,等这个爷爷也走了,那些事、那些人,是不是就没有人记得了?

又到了夕阳西下的时候,满山墓碑和草木都被笼罩在一片暖色里,让孙嘉怿再次想起松山的那个黄昏。

又有多少人记得长眠于那里的人?

从这里到缅甸,再到外公去过的朝鲜,从爷爷的家乡四明山区,再到这个国家战火蔓延过的角角落落,那么多人为国献身,又有多少人记得他们?不是记得"一群英雄",而是记得一个个有血有肉、独一无二的人,记得那些具体的名字、生动的面孔,记得他们从哪儿来、为何而来,记得和年轻的躯体一起埋入异乡黄土的牵挂、思念、遗憾和希望。

其实,人生就是由一个又一个偶然和必然组成的。

第一次到松山,是孙嘉怿人生中的偶然。

第二次到松山,则是孙嘉怿人生中的必然。

孙嘉怿一边参观,一边把英烈的信息发到了微博上:"如果大家以后有机会来云南玩,可以到这里来为烈士献献花。"

得到的回复与转发数量远远超出了孙嘉怿的预料,真实的感慨,赢得了很多共鸣。许多人和他们夫妻俩一样,惋惜年轻生命的逝去,觉得所有为国牺牲的人都应该被记住、被怀念。

从那一次开始,孙嘉怿和小林达成了共识:不管去哪里旅游,总要抽空去一下那里的烈士陵园,认真地看一看长眠在那里的人,转发他们的信息,让更多的人去了解。

两位年轻人由此萌生了开展"我为烈士来寻亲"志愿服务活动的想法。

第二章

一枝春·我为烈士来寻亲

孙嘉怪的微博名字是"猫小喵滴兔子",标签是"烈士"。在很长一段时间里,她为烈士做的事情是发布信息。日子平平淡淡地过,孙嘉怪渐渐从叛逆少女变成了打算着柴米油盐的妻子、母亲。

2017年,她收到了一条私信:"您是宁波人吗?我是王心恒烈士的家属,您有没有在宁波周边的烈士墓中看到王心恒的墓?我们只知道他当时牺牲在宁波……"

王心恒的侄子王志宝在安徽,看到孙嘉怪分享的烈士陵园信息,通过其他关爱老兵的志愿者联系到了她。王志宝要找的烈士是他父亲的二哥,安徽阜阳太和县人。他父亲一直念着二哥。王志宝的二伯是解放军第3野战军第7兵团第22军的一员,加入了中国共产党,牺牲在了新中国成立前夕。

王志宝说,这件事影响了父亲的一生,父亲也参加了人民解放军,后来成为志愿军战士。王志宝的父亲到处打听哥哥到底安葬在哪里。直到前段时间,王志宝无意中在一家纪念馆里找到了一段关于王心恒的介绍,说他牺牲在宁波,便辗转联系到孙嘉怪。

孙嘉怪想:有名有姓的人在宁波怎么会找不到?她爽快地答应为王志宝寻找王心恒烈士的墓。她当时根本不知道宁波有多少个烈士陵园,只能凭借小时候扫墓的印象,挨个儿去找。当时,她计划一周抽一天去跑一两个陵园,总有一天会找到。

第一周,她去了比较近的慈湖烈士陵园,没有发现王心恒的名字。第二周去了樟村四明山烈士陵园,里面的烈士有700多位,每一位烈士都有一个墓碑。临近傍晚的时候,孙嘉怿终于在左墓区第二排的一个位置找到了王心恒的名字。她立马给王志宝打电话。电话那头,王志宝不断重复"找到了,找到了",然后哭出声来。

王心恒是孙嘉怿最早找到的烈士之一。每年清明,孙嘉怿都要去烈士陵园祭扫烈士墓。

一炷心香,袅袅青烟,随风没入天际。

08

"我出生前,我爸已经牺牲了"

2016年,孙嘉怿认识了一个人,他叫黄军平。

当时,有网友看到孙嘉怿在网上打听外公在抗美援朝战争时的相关情况,便向她推荐了陕西咸阳的黄军平,说这个人特别执着,2016年专门去过朝鲜,带了一万多名参加抗美援朝战争将士的资料回来。

彼时,她觉得很难想象,这位看起来已经上了年纪的农民到底是带着什么样的心态完成了这样一件事。

她联系上了黄军平。对方给她发来一段5分钟的视频。那是位于三八线附近的朝鲜开城志愿军烈士陵园的一整面墙,上面密密麻麻写满了牺牲将士的名字。

密密麻麻的名字啊,她当时被震撼住了。

黄军平:里面不会有你外公的名字,因为你外公活着回来了。多好,我爸爸就留在那里了。

孙嘉怿:那里面有他的名字吗?

黄军平:也没有,我看过好几遍了。

孙嘉怿:那你爸爸叫什么名字?

对方没有回答。孙嘉怿给黄军平留下了电话——她想,如果有机会,也可以在微博上帮人家问问。

几天后的一个傍晚,她在下班路上接到了黄军平的电话。

当时,对孙嘉怿来说,朝鲜是一个很神秘的地方。她问黄军平:"你是怎么去的呀?"

"坐火车呀。"黄军平说,从西安坐火车到沈阳,再到丹东,然后办出境手续去平壤。朝鲜没有开通"自由行",他就报了一个七日游的旅行团,每到一个城市,就匆匆忙忙拍下当地的墓园、纪念碑。

他说他为了这次"旅行"攒了很久的钱,因为找到父亲黄建国,是他从小许下的心愿。

他是跟着爷爷奶奶长大的,从没见过父亲的样子。小时候,他长得矮小,又没爸爸,老受小伙伴欺负。有一回,班上几个小捣蛋鬼又把他逼到教室角落,被老师厉声制止。那天,语文课讲的是邱少云的故事。老师把他叫到讲台上,让他抬起头,看着大家,然后当着全班同学的面,一字一句地说:"我们不应该欺负他,谁都不应该欺负他。因为他的长辈在抗美援朝时付出了生命的代价,是我们所有人的英雄,我们更应该爱护他,帮助他。"

那是他生命中最重要的一天。他记得全班都安静下来，每个同学看他的眼神都不一样了。他第一次发现，那个只活在家人嘴里的爸爸，原来这么值得骄傲。

可是爸爸长什么样子呢？听奶奶说，他个子高，模样也耐看，20岁就离家去了朝鲜战场，没有留下一张照片。

黄建国牺牲的噩耗传来后，黄军平的奶奶伤心过度，每天以泪洗面，眼睛都快哭瞎了。为了防止奶奶睹物思人，家人便把黄建国所有的遗物都烧了。除了一张锁在柜子里的"革命军人牺牲证明书"，黄军平找不到父亲留在世间的任何印迹。

从那时起，他就暗下决心，将来长大了，有能力了，一定要去找爸爸，要成为一个像爸爸那样的英雄。

但在咸阳偏僻的农村，一个普普通通的农民成为英雄的机会实在渺茫。黄军平守着一亩三分地，种点菜，每天凌晨骑着小三轮到县城去卖菜。他一边娶妻生子、养家糊口，一边一点点攒钱，到49岁时终于攒够了路费，去朝鲜找爸爸。

"那你是'60后'？"孙嘉怿隐约觉得哪里不对，如果是黄建国烈士的儿子，黄军平应该是"50后"。

"对！"黄军平大方承认，"我出生前，我爸已经牺牲了。"

严格意义上来说，他是黄建国弟弟的次子。

黄建国还没来得及结婚就牺牲了。在那样的年代里，还没有结婚甚至没有谈过恋爱的革命烈士又岂在少数？

为了确保英雄有"后"，黄军平在来到这个世界之前，身份就已经被家人安排好，过继给早早牺牲的二伯。这件事是记录在家谱上的，所以他一出生就没有"爸爸妈妈",只有"叔叔婶婶",他们就住在同村不远的地方。他从小就知道这件事,他也知道亲生父母心疼自己,隔三岔五会送些吃的穿的过来。因此,他的"待遇"比兄弟姐妹都好。但人前人后,他只能叫自己的亲生父母"叔叔婶婶",他们从不允许他改口。全家人都达成了一种默契,让烈士有"后",这是他们表达追思之情最朴实、最直接的方式……

让孙嘉怿不能忘怀的是,黄军平的电话打了一个多小时,像是自言自语,也像是倾心诉说。说着说着,他突然就哭起来了。孙嘉怿想,他的泪水,为这么多年那些微妙的情感而流,也为一直没有找到父亲黄建国而流。

他说,这些年自己做了很多功课,把抗美援朝战争的历史研究了好几遍,找到了父亲所在的部队番号,还加入了一个烈士亲属群,找到了很多像自己这样的"孤儿"。是啊,亲人在异国他乡牺牲了,却找不到人,自己不是"孤儿"又是什么呢?

09
"手机里的英烈墙,真长啊,字真小啊"

2016年,黄军平在烈士亲属群看到一条消息,说是朝鲜有两个烈士陵园修葺完成。这下子,他觉得去朝鲜有希望了。果然,很快有人组织去朝鲜扫墓,他报了名。

"我从来没出过国。第一次去朝鲜,如同演电影一般。或许,我演的就是那个寻找父亲的孤儿吧。我想,我是循着爸爸的足迹去找他的,只是不知道,当年他是坐火车去的,还是从桥上走过去的。"黄军平仿佛在自言自语。

本来以为,到了朝鲜,总能找到一点点线索,但现实永远比想象残酷。他跟随旅行团最先去了平壤的中朝友谊塔,听说塔后面有道门可以进入塔的中心,里面的大理石台上摆放着装有烈士名单的盒子。去了以后他才知道,由于种种历史条件所限,这里的名单并不完整。

接着,他去了位于朝鲜新安州的志愿军烈士陵园,这是为纪念铁路运输战线上光荣牺牲的烈士而修建的,父亲也不在里面。他还去了开城志愿军烈士陵园,一到陵园的入口处,就看到高高耸立的"抗美援朝烈士纪念碑"。在那里,有一面三十五米长的英烈墙,上面密密麻麻地写着烈士的名字。当时,整个墓园只有他们十多个人,风特别大,在耳边呼呼地响。大家都顾不上这些,只是一门心思抬着头找名字。他没有找到父亲的名字,却不甘心,怕自己眼花了看不真切,就对着几十米长的英烈墙拍了段视频。回来后,他看了好几遍,还是没有。

"手机里的英烈墙,真长啊,字真小啊。"黄军平说。

"你说我已经到朝鲜了,为什么还是什么都找不到呢?我什么也不能做,只能悄悄地从朝鲜带回一小块石头,埋在奶奶的坟前,算是给她老人家留个念想吧。"

那天,孙嘉怿原本是要坐公交车回家的,但她边走边和黄军平电话聊天,不知不觉在寒风中走了五六站路。

"当时离春节不到一周了,身边都是准备返乡或者置办年货的人。沿街店面循环播放着《好运来》的曲子,人人都在奔向团圆喜庆,但电话的那一头,年近半百的黄军平还在哭泣。"孙嘉怿说不清楚心里是什么滋味。

"我是一个没有找到父亲的男人,我不甘心啊。"黄军平的这句话,让孙嘉怿的心仿佛在流血。

10
"错一个字,他们就找不到家了"

黄军平说,虽然没有找到自己的父亲,但他看着上面一个个名字,就像在看自己的亲人。烈士们真孤单啊,没有亲人祭奠他们;他们的亲人也很无奈,不知牵挂了很多年的人埋葬在哪,甚至不知其在何时牺牲。

"时间越久,就越没有人知道了。"黄军平这样认为。

这句话,给了孙嘉怿很大的触动。她想了一夜。第二天,她就把这件事发布在微博上,并发起了公益话题"我为烈士来寻亲"。在微博上,她招募志愿者和自己一起,来整理黄军平在朝鲜拍摄的视频中的烈士信息。

春节过后,有20多名志愿者来报名。

孙嘉怿拉了一个群,把视频发在群里。

他们的第一项工作,就是设计一张表格,然后从视频中一帧帧截图,把英烈墙上的一个个名字输入表格,再将其与中华英烈网及抗美援朝纪念馆的英烈数据库进行双向比对,核对烈士的身份、户籍资料,最终确定烈士准确的个人信息。

大家看完以后都觉得："这真是一件疯狂的事。"

做这件事没名没利，也没有任何回报。再有，就是工作量实在太大了。

虽然有识图软件，但也很容易出差错。他们选择了最原始的人工输入方式。

孙嘉怿在群里发了一段话："希望每个人做的时候，有高度的责任心。你用键盘敲打下的每一个名字，都希望你能对他负责。因为这关系到他能不能找到亲人。可能错一个字，他就找不到家了。"

即便有充分的思想准备，这件事具体实施起来，也比之前想象的要困难得多。

常常会遇到重名的情况，一个名字输入进去，最多的时候会跳出20多位烈士的信息。多数志愿者是门外汉，对抗美援朝战争的了解，仅限于儿时看过的电影，不懂部队番号，不了解战争地点，对具体作战时间也没有概念，很难把名字和具体信息对应起来。此外，还有差不多三分之一的名字，找不到任何信息。

当时，有不少人是感动于黄军平的故事，凭一时热情报了名。当艰巨的任务真正压下来的时候，烦琐枯燥的重复劳动很容易将最初的热情和耐心消耗殆尽，并不是所有人都可以坚持到最后。有人十天半个月对任务都没有任何回应，孙嘉怿再去问的时候，发现人家已经把自己拉黑了。

她完全理解对方的心情。很多志愿者上有老、下有小，在上了一天班后，好不容易把娃哄睡着，已是筋疲力尽的状态，有几个人能坐在孤灯下，去一个个地核准、比对和自己毫无关系的名字呢？

有时候，她多想躺在床上追剧、刷手机，不再面对那些陌生的名字和零散的信息。她想，若自己不是发起人，很难说能不能坚持到最后呢。

做着做着，她慢慢地摸索出一些经验。比如，实在搜索不到具体信息,可以找几个和名字同音或谐音的字再试试,或许会有意外发现。还有,随着对战史的了解和熟悉,她发现志愿军烈士陵园也有一些规律,比如某些地域的志愿军烈士陵园,埋葬的是相对固定部队番号的牺牲将士。在重名的情况下,可以优先把这些部队的人挑出来,作一个匹配。

每整理完一位烈士的信息,她就会感慨:就这样短短几行字,概括了一个年轻人的一生。现在,最后的归属地也确认了,他留在世上的故事,虽然简短,但也算完整了吧。

10848 个名字,经过 20 多个人近一个月的努力,终于整理匹配完成。

长长的表格打开,推着滚动条往下拉,大家没有如释重负的感觉,只是感慨,万里长征终于走出了第一步。

2017 年清明节前夕,"我为烈士来寻亲"话题下,按照省份属地,分类发布了第一批 1000 名信息最准确的志愿军在朝安葬地的信息。

网络的力量总是比想象的还要强大。当时,孙嘉怿的微博粉丝已经超过 10 万人,网友的关注程度远远超过了想象。有一条河北的烈士信息被转发了 1000 多次,其中包括一些知名演员、网络大 V 的参与。有人说,已转发朋友圈;有人说,好像是我们家那边的,马上问问家里长辈。

在互联网上,什么事情关注度高了,就免不了引来争议。"我为烈士来寻亲"这个活动也是如此。随着话题热度的持续,网上也出现了另一种声音。有人怀疑她是为了流量、博眼球。也有人问,为什么不关注国境内的烈士,而是眼睛向"外",并质疑她这些资料的来源。还有人打电话来,带着不容置喙的语气,称这些信息是涉军、涉外的,不能对外发布,要求她删掉。

遇到这种情况,孙嘉怿总是据理力争。她说,烈士不管牺牲在哪里,都是中国军人,是我们的前辈,他们的信息应该让他们的家人知道。

有一次,有人说她将不加审核的信息发出来就是不爱国。她当时就觉得一股热血冲上脑门,眼泪都涌出来了:"你说我什么都行,就是不能说我不爱国!我是志愿军的后代,我的外公参加过抗美援朝战争。我相信有些烈士的亲人寻找了很多年,特别需要这些信息。这件事我没有做错,每一句话都是真的。我没有任何企图,只想要帮助烈士的家人。你凭什么说我不爱国?"

是啊,"爱国"这个词,在孙嘉怿心中的分量太重了。

孙嘉怿向我们回忆起小时候看过的文天祥的故事。

文天祥是吉州(今江西吉安)人,他出身富裕家庭,从小爱读忠臣烈士传记,立下精忠报国志向。宋理宗宝祐四年(1256),以"天法不息"之对策高中状元。《宋史·文天祥传》说他"体貌丰伟,美皙如玉,秀眉而长目,顾盼烨然",用现在的话来讲,是一个典型的"高富帅"。文天祥积极抵抗元军南下,后在广东海丰兵败被俘。次年被押解至元大都,也就是今天的北京。从此,文天祥在监狱中度过了三年。他在狱中受尽各种威逼利诱,但始终坚贞不屈。

文天祥在被关押三年期间,书写了几百篇诗词文章,以抒发爱国之情。1281年夏季,在暑气、腐气、秽气的熏蒸中,文天祥慷慨挥毫,在牢中写就了千古流传、掷地有声的铿锵之作《正气歌》:"天地有正气,杂然赋流形。下则为河岳,上则为日星。于人曰浩然,沛乎塞苍冥……"他在自序中说"余囚北庭,坐一土室,室广八尺,深可四寻,单扉低小,白间短窄,污下而幽暗",正是在这幽暗的"土室"中,他写下了如此辉煌壮丽的诗篇!

1283年1月9日,文天祥从容就义。其绝命辞写道:"孔曰成仁,孟曰取义,惟其义尽,所以仁至。读圣贤书,所学何事,而今而后,庶几无愧。"

"我们一代又一代传颂文天祥的故事,不是因为文天祥的成就,而是因为他的气节。我们中国从来不缺这样的人。"这是孙嘉怿接受的教育。

文天祥可以享受荣华富贵,却选择了"污下而幽暗"的囚室;他可以和亲人团聚,却选择了走向刑场;他可以生,却选择了死。

回过头来想,孙嘉怿也觉得很庆幸。这些信息一直在网上挂着,"我为烈士来寻亲"也有足够的话题量,慢慢地就引起了各地媒体的关注。在核实过这件事的真实性后,一些媒体也参与了为烈士寻亲的接力。更多力量的加入,慢慢地为更多烈士找到了家属。

有人给她留言,有人发给她烈士证的照片,告诉她自己与烈士之间的关系。一旦核实无误,她就把陵园的照片,以及英烈墙视频中有这位烈士名字的画面截图发过去。

一次又一次,她听到了很多相似的故事:烈士的家人多年来如何努力地寻找,知道烈士葬在哪里时抱头痛哭……让她心痛的是,很多烈士的父母已在思念中去世了,临终的时候还在念着:孩子到底在哪里?

有一位福建籍烈士的弟弟给孙嘉怿寄了一包土,说是父母坟前的土。他告诉孙嘉怿,老母亲走的时候说,她就是想这个儿子想死的。现在,他们这一代人年纪也大了,因为身体原因不大可能出远门了。"小姑娘,如果你们以后有机会去朝鲜,能不能帮我给哥哥带去这包土,告诉哥哥,爸妈一直在想他、在念他?"

那一刻,孙嘉怿觉得,自己所做的一切都是值得的。

很多烈士家属加了孙嘉怿的微信,在表达感激的同时,诉说着这些年亲人对烈士的思念之苦。一些志愿军后人建了寻亲群,把孙嘉怿也拉了进去,她又将更多的烈士家属带进了这个群。

她的微博发挥了巨大的力量。这种力量,像春天树上的枝条,随风舞动,为烈士,也为烈士的亲人们,带去了爱和温暖。

后来,有人写了一首歌:

> 有一首歌,一首新时代的歌。沿着英雄足迹,我们唱着。您牺牲了小我,给人民幸福生活。他们为您寻找,"回家"的欢乐。手牵手,用爱心托举山河。像暖暖的星火,温暖先烈心窝。就让这星火传递,点亮时代的壮阔。崇尚英雄,缅怀先烈。迈向复兴,有你有我!

这是"我为烈士来寻亲"志愿服务团队每个人共同的心声。

第三章

九回肠·
赴朝鲜祭扫的
特殊『志愿者』

丹东，一座独特的边境之城。在蜿蜒曲折的鸭绿江对岸，就是朝鲜。

这里，是中国大陆海岸线北端的起点。

这里，有无数令人骄傲的历史遗迹和巍然耸立的纪念碑。

美丽的自然风光与人文景观，在这里交相辉映。岁月的轮回，时光的变迁，都闪动在鸭绿江的碧波之间。

2018年4月，孙嘉怿来到丹东时，还没有想到这座城市会成为刻进自己生命的城市。

从宁波到丹东，再从丹东到朝鲜，这是孙嘉怿开展"我为烈士来寻亲"的决心与意志。

11
寻找父辈们的光荣

2018年清明节前，烈士后代康明和邓其平发起组织了一个志愿军烈士家属祭扫团,自费赴朝鲜祭扫。报名参团的有60多人。他们找到朝鲜的旅行社作为接待方,安排了去分布在朝鲜各地的志愿军烈士陵园祭扫的线路。在此期间,中国驻朝鲜大使馆也给予了很多支持。

大家从全国各地出发,到丹东集合,从这里进入朝鲜。

孙嘉怿成为这个烈士家属祭扫团里一名独特的团员。

知道这个消息时,她觉得自己既然发起了"我为烈士来寻亲"公益活动,就必须亲身参与其中,感受寻找亲人的艰辛不易,体会烈士后代的所思所想。于是,她自费参与了这次活动。

在丹东集合出发前,孙嘉怿在鸭绿江边走了走。她遇到一位头发花白、拄着拐杖的老人,老人戴着一枚志愿军军功章,特别有军人气质。他站在江畔的断桥上,神色忧郁地看着远方。看到孙嘉怿走近,老人对她说:"姑娘啊,我的爸爸,就在对面的朝鲜,这么多年都没有回来过。"

孙嘉怿猜出来了:"叔叔,您明天也要去朝鲜祭扫吗?"

老人点点头,然后看着江对岸唱了起来:"雄赳赳,气昂昂,跨过鸭绿江……"那沉郁嘹亮的歌声,仿佛能够穿透岁月。

鸭绿江上,波浪涌动。

孙嘉怿便跟着他一起唱。唱完之后,老人百感交集。老人告诉她,他叫陈传文,他父亲陈士成是当年志愿军某部汽车连的一名班长。"我想当年我爸爸也是唱着这首歌过江的,所以我在这里唱,他一定能听见。"

那一刻,起风了。江边的风,把他的歌声传到了很远的地方。

当天晚上,所有人聚在一起,算是出发前开一个碰头会。康明和邓其平作了简短的动员。他们说:在抗美援朝出国作战将近68年之际,我们齐聚在鸭绿江畔,目的只有一个,就是去朝鲜祭奠牺牲在那里的父辈们。几十年来,我们的家人都在期待着这一天,特别不容易。

出关,安检,这些例行的手续花了很长时间。火车中途又停留了一个多小时,上午7点多出发,晚上7点多才到达目的地,整整12个小时。这段时间里,每一个人都心潮起伏。

很多老人在还没有出国境时就开始默默流泪。孙嘉怿成了队伍中的"志愿者",一边递纸巾,一边安慰他们。老人们说,一想到68年前他们的父亲也是坐着这样的火车,从这条线路进入朝鲜,他们的眼泪就止不住。

其实,当年志愿军入朝时,出于保密的需要,坐的可不是这样的绿皮火车,而是没有座椅、没有窗户的"闷罐车"。他们在空气沉闷污浊的车厢里,在车轮与铁轨摩擦发出的刺耳声中,进入异国他乡。他们肩负着人民的重托、民族的期望,高举保卫和平、反抗侵略的正义旗帜,历经两年零九个月的浴血奋战,赢得了抗美援朝战争的伟大胜利。然而,一些志愿军官兵在奋战中英勇牺牲,没有机会再坐车回来。68年后,他们的孩子坐着同样方向的火车来了,来寻找父辈们的光荣。

快到平壤的时候,下起很大的雨,雨点打在车窗上,啪啪作响。雨水从窗玻璃上流淌下去,冲刷出道道印迹,如同泪痕一般。是的,此时此刻,每个人的脸上,似乎都有心中的泪、天上的雨。

晚上7点多,他们抵达平壤,然后上了旅游大巴。导游姓金,给大家致了简短的欢迎词:"欢迎大家来到山河秀丽的朝鲜,我知道这个团非常特殊,都是志愿军烈士的后代。接下来7天,我会陪着大家到各个陵园祭扫。"

金导问大家是不是第一次来到朝鲜。一位浓眉大眼的老人举了手,语气难掩激动:"我是第二次来。小时候来这里住过一段时间,现在觉得这里的空气都是那么的熟悉。"

所有人的目光都朝向了他。

老人似乎有很多话想说,但最终只是简短地说了句:"我两个父亲都牺牲在这里。"

他没有再细说下去,也没有人追问。车上的人,各有各的伤心事。很多往事,不是三言两语可以说清的。孙嘉怿猜测,他说的"两个父亲",应该是其生父牺牲前将妻儿托付给了战友,后来战友也不幸牺牲了。

在酒店吃晚饭的时候,好客的当地人安排了一些文艺节目。快结束时,很多家属上台和演员合唱《中国人民志愿军战歌》,孙嘉怿留意到,那位说"两个父亲都牺牲在这里"的老人在台下默默擦眼泪。她在桌牌上看到了他的名字:王援朝。一个非常富有历史感的名字。

12

70岁的儿子,来寻找30岁的父亲

第二天清晨五六点,团队出发去桧仓烈士陵园,那是毛泽东之子毛岸英烈士的安葬地,距平壤有6个多小时的车程。孙嘉怿认认真真地打量着这个神秘的国家,它和之前想象的太不一样了。出发的时候,城市还没有完全苏醒,安静得像一个旧梦。

等到天色大亮,汽车已驶出城区,在颠簸的泥路上穿过辽阔的田野。

团长康明对孙嘉怿这个自费参团来祭扫的非烈士家属很热情,让她坐到靠窗的位子,说当时很多志愿军烈士就安葬在田野里,我们看到的哪个不起眼的小土包,说不定就是他们的坟。孙嘉怿便目不转睛地盯着窗外,只是上面都是朝鲜文,她看不懂。她问康明:"那您的父亲在哪里?"

康明指了指坐在旁边的王援朝:"我爸和他爸在一起,只是到现在,我们还不能去看他们。"

康明的父亲康致中,1919年出生于陕西西安,1935年在上中学时就参加了抗日救亡运动,1937年参军并加入中国共产党,之后一路奋勇杀敌,战功赫赫。1953年,康致中奉命率领部队入朝作战,任中国人民志愿军第1军第7师第19团团长,最后把生命留在了这片土地上。

康明对父亲最初的印象,来自一张拍摄于1952年12月31日的全家福。那是康致中奔赴朝鲜战场前拍摄的。

当时的场景,母亲高亚梅后来对着儿子一遍遍回忆:"那天下午,你爸突然回家,嚷着:'明明呢?赶紧叫明明起来照相!'你当时才两岁,睡得正香,起来时睡眼蒙眬,不大乐意。你爸一把将你抱了起来,亲了又亲,然后拍了这张照片。拍完照,你爸就匆匆忙忙地走了,他这个人哪……"

照片中,父亲笑着,母亲也笑着,只不过,母亲的笑意里透出浅浅的担忧。只有两岁的康明还不明白事理,坐在父母前面,对于自己从睡梦中被叫醒一脸不高兴。

母亲看着那张全家福的时候,语气就像溪水一样柔软,嘴角泛起笑意,眼神变得温和而悠长。

那是这个家最后的团圆、美满。看着这张照片,康明总能感受到父亲的爱。

父亲的爱还留在他寄回来的家书里。去朝鲜后,他一共写了6封信。信里少不了保家卫国的豪言壮语,但提到儿子时,都是些很细碎、很具体的叮嘱。

"你最近好吧！小孩亦好吧！请收到后回信。今年再给小孩种一次痘,沙眼,还要经常点药。"

这封信写于 1953 年 3 月 10 日。

1953 年 6 月 26 日,康致中所在的第 19 团 1960 高地坑道指挥所被美军锁定目标时,团领导、突击连长和机关人员正在召开作战会议。数百磅的重型炸弹狂轰滥炸,指挥所整体塌陷,坑道被堵塞。事发紧急,里面的人根本来不及采取任何应急行动,除 2 人获救外,其余 114 人壮烈牺牲。王援朝的父亲王波也在其中。

塌方的土层太厚,即便在掩体里的官兵第一时间冒着敌机的轰炸拼尽全力地挖,一时也挖不出人来。直到 7 月 27 日,交战双方在三八线上签订停战协定,我军又夜以继日地挖了一个多月,终于挖开了被炸塌的坑道口。眼前的一幕深深地触动了许多人:团长康致中穿戴整齐,表情安详,坑道壁上的地图旁边插着儿子康明的照片。

这张照片是康致中牺牲前一个月妻子寄来的。显然他一直放在身边,并不时看一眼,那是出生入死间的一种温馨,那是艰苦之余的一点甜蜜。

那是军人在战火纷飞的时刻展现出的最后的侠骨柔情。

1957 年,康致中牺牲 4 年后,阵亡通知书寄到了家里。通知书上说,他的遗体被安葬在三八线西侧的江原道铁原朔宁 152 号墓地 1 号。这个遥远的地名,从此成了高亚梅日思夜想的伤心地,也在康明的记忆中留下了深刻的烙印。

从 20 世纪 70 年代起,为了完成母亲的心愿,也为了搜集更多父亲康致中留下的印迹,康明开始寻找抗美援朝志愿军烈士遗孤和 19 团的老兵。2000 年 6 月,两位 19 团的老兵告诉康明,他们曾经在 1958 年回国之前,到 152 号墓地祭奠过牺牲的战友,还拍了照片。康明拿到照片后,发现六角纪念亭后边，真的有父亲康致中的墓碑。那一刻，他如获至宝，泪如雨下。

康明一遍遍地看照片，并且猜想，父亲的坟墓应该是在停战后从牺牲的地方迁移到江原道铁原朔宁地区的。他一直想带着母亲到父亲墓前祭奠，过去几十年想了很多办法，比如趁去朝鲜旅游的机会前去吊唁。但得到的答复一直是：152号墓地靠近三八线，属于军事禁地，没有军方的允许不能进入。

2010年，母亲高亚梅在一次次的失望中走到了生命尽头，去世前留下遗言："将我的骨灰撒到山东荣成入海口，那里离你父亲牺牲的朝鲜最近，早晚可以和你父亲团聚。"

但康明不甘心，他一直保留着母亲的骨灰。因为他始终认为，终有一天自己会把父亲从朝鲜接回来，和母亲安葬在一起，思念了一辈子的人应该有重逢的一天。

康明说着这些的时候，王援朝也感慨不已。他的经历，和康明有相似之处。他的父亲王波和康致中一起牺牲，走之前一家人拍了一张全家福，他也没有机会去父亲墓前祭拜。"不光是现在，"他看着窗外连绵的田野，"我小时候来，也没能去。"

70岁的儿子，来寻找30岁的父亲。那一天的行程很辛苦，早出晚归，中午吃的是早上从酒店带去的已经凉透的盒饭，来回10多个小时都在车上，但没有人在意这些。孙嘉怿觉得这一天很充实，因为她终于亲身感受到为烈士寻亲的紧迫性和神圣感。她完完整整地听完王援朝的身世，原来真实的往事远比想象的更曲折——

13
这名特殊的团队成员，有三个父亲

王援朝说，他从小就知道，抚育自己长大的父亲王福寿不是生父。他甚至朦朦胧胧地记得，继父与母亲黄彦亭的婚礼上，来的人很多，大家一边抢着抱他，一边笑着祝福新人。只是，有人笑着笑着，眼睛就红了，赶紧背过身狠狠地擦眼泪。

原来那张一家三口的全家福被暂时收了起来，照片上的爸爸王波和继父王福寿一样都穿着军装，但王波更清秀儒雅一些，满眼温柔的笑意。他牺牲前写给妈妈的信，静静地躺在抽屉里：

"听余副所长说援朝头上碰坏了，不知现在好了吗？同时听说他调皮得厉害，还骂你，希望你好好教育他，诱导他学好，使他上进，但不要强制或吓唬他……为了朝鲜人民的幸福、祖国的安定，咱们也只有在梦中暂时会见一下，等将来过更安定快乐的日子。"

信的落款是 1953 年 5 月 26 日，王援朝从小就清楚地记得这个日期。那是入朝作战半年的父亲，写给母亲的最后一封家书。信中的"在梦中见"竟一语成谶。一个月后，他在参加战前会议时遭遇敌机轰炸，壮烈牺牲，一起长眠于此的还有很多战友，包括康明的父亲康致中。

继父王福寿和王波是战友，一起入朝作战，都被分在了第 7 师。王福寿在坦克团，王波在后勤部卫生科。很多人都认为，坦克团在一线作战，可能更危险一些。王援朝后来想，这大概是继父之前一直没有结婚的原因吧。

只是人生无常，战友王波牺牲了。战争结束后，年轻气盛的王福寿征得黄彦亭同意后，和这个比自己大8岁、带着一个孩子的战友遗孀组建了新的家庭。

后来有记者问过王援朝：继父和你母亲之间到底有没有爱情？他觉得很难回答，可能别人所理解的小情小爱在战场生死面前根本不值一提。王援朝说，继父对母亲很好，对自己也视如己出。

1954年，志愿军开始分批撤离朝鲜，但部分部队和工程、后勤人员仍然留在满目疮痍的朝鲜，帮助朝鲜人民医治战争创伤，重建美好家园。母亲和继父结婚后到了朝鲜。1958年暑假，王援朝也来到朝鲜谷山，在部队生活。那是一段非常快乐的时光，他还清楚地记得，第1军在这里修筑了百万立方米库容的水库，可灌溉3800万亩良田，朝鲜中央政府特将水库命名为"谷山朝中友谊水库"。

1959年，王福寿转业，带着妻儿一起到成都生活。他从不避讳谈到王波，反而总在孩子面前说，你父亲1939年就参加了八路军，在抗战中是个了不起的英雄。但他从来不提自己。王援朝以前根本不知道，继父曾经荣获特等功、二等功、三等功等诸多荣誉，那些证书都被压在箱底，直到他去世后才重见天日。

王援朝一直觉得，继父就是一个沉默、谨慎又慈爱的普通男人。三年困难时期，他在成都电缆厂负责管理食堂，就算再饿，也从没在食堂私拿过一个馒头，没做过一件让人背后戳脊梁骨的事。

王援朝说，即便是在最困难的时候，自己也没有特别饥饿的记忆，因为继父总是吃糊糊野菜，省下粮食来让孩子吃饱。

追寻着父辈的光荣,王援朝也参军入了伍。1973年,王援朝从部队复员回家,王福寿想了很多办法,凑钱给他买了一辆当时特别时髦的自行车。骑出去的时候,不知道吸引了多少人的目光。王援朝先前不知道一辆自行车代表着什么,直到无意间听到父母对话。母亲抱怨:"你太惯着他了,为买辆自行车,欠多少人情?"继父说:"孩子高兴就好,他高兴,他爸在上面也高兴。"

1979年,王援朝的妻子怀孕了,父母特别开心,张罗着要去一趟西安。

王援朝想不明白:去西安做什么?继父笑而不答,上车前还给他买了一根冰棍。王援朝接过冰棍,问他们什么时候回来。王福寿一边看着他吃一边笑:"要当爹的人了,怎么还像小孩子一样?我们三天后就回来了。"

此后多年,这一幕一次次在王援朝的脑海中回旋。当年他看着列车远去时,完全没想到父母此行背后还有一个隐藏多年的秘密,更没想到,继父再也没有回来。

三天后,本该是回来的日子,王福寿却在西安突发阑尾炎,急性感染引发了败血症。王援朝得知消息后赶到西安,只见病床上的继父全身插满了管子,已经说不出话来。这让他一下子呆在那里,脑子里嗡嗡作响。

很多细节,王援朝当时在慌乱中完全没有留意到。继父的病床旁,常常陪伴着一位陌生的阿姨,她的眼神里仿佛藏着很多话,看王援朝时总是欲言又止。

他去另一家医院为继父寻找稀缺的红霉素,忽然听到人群中有一个男人的声音和自己的非常像。他下意识地扭头寻找声源,和声音的主人四目相对,那个人居然和自己长得很像。对方也愣了一下,先开了口:"你就是援朝吧?我叫杜建民……你不用找了,我已经买到了。"他拉着王援朝的手,直奔王福寿所在的医院。

可惜，为时已晚。继父弥留之际，用尽最后的力气把王援朝的手和那位阿姨的手拉着叠在一起，然后拼尽最后的力气微笑起来，并带着那个微笑告别了人间。

办完后事，渐渐平静下来的王援朝和母亲，和那位阿姨作了一番长谈。谈话中，王援朝才渐渐捋清了自己的身世。原来王波并不是自己的生父，黄彦亭自然也不是他的生母。他的生父叫杜耀亭，而那位在继父病床前帮忙照顾的阿姨，是他的生母吕瑞清，在另一家医院偶遇的人，则是他的亲二哥杜建民。

杜耀亭是谁？王援朝完全蒙了。

杜耀亭1937年参军，和王波、王福寿是抗战时期的八路军战友。他们正如那首歌中唱的，"战友战友，亲如兄弟"。

杜耀亭和王波都是甘肃张掖高台镇人，他们志同道合，一起出生入死多年。王家多年无所出，一直羡慕已经有了两个孩子的杜家。杜耀亭知道好兄弟的心事，老三出生后，他便和妻子吕瑞清商量着把孩子过继给王家，反正两家关系那么好，常常能见着。援朝这个名字，是他们共同的心意——抗美援朝，保家卫国！

黄彦亭没有母乳，总不能天天把孩子抱回杜家喂奶，杜耀亭便从津贴中挤出钱买了只奶羊，挤奶给孩子喝。知道妻子想念孩子，每到周末他也会把王援朝接回家，之后再送回去。王援朝在两家的爱里迎来了2周岁生日，之后两位父亲便奉命奔赴朝鲜。

王波牺牲后，黄彦亭一度痛不欲生。吕瑞清天天陪伴在她身边，并转述丈夫杜耀亭的话："援朝是我们两家共同的孩子，以后你们母子的生活我们全家会负责到底。"

一起分担痛苦的，还有另一位烈属高亚梅，她的丈夫是和王波一起牺牲的第19团团长康致中,也就是康明的父亲。在万箭穿心、以泪洗面的日子里,是2岁的康明一次次用哭声把她从无尽的思念中拉回来。高亚梅告诉黄彦亭:"撑不下去的时候,想想孩子。"但知道事情原委的吕瑞清想得更长远些,从女人的角度,她私下里又劝黄彦亭:"你和亚梅不一样……日子还长,以后如果遇到合适的,孩子就先交给我们。"

"不,不,"黄彦亭拼命摇头,然后用力擦去眼泪,"援朝是你们的骨肉,也是王波的儿子。我要将他抚养成人,否则我怎么对得起王波!亚梅说得对,为了孩子,我要撑下去。"

吕瑞清看出来了,援朝是黄彦亭唯一的指望,她打定主意,再也不提认回儿子的事。

1953年7月27日上午10点,朝鲜停战协定签字,双方约定于12小时后的晚上10点生效。在这之前,杜耀亭已经写信回家,说虽然不知道战争具体什么时候结束,但从现在的形势看,应该不远了。他让妻子不要再写信了,反正也快回来了。

但满心期待的吕瑞清没有等到丈夫回家。因为南北之间的炮击,一直持续到停战协定生效的前一分钟,第7师后勤指挥所遭美军泄愤般倾泻的炸弹袭击,杜耀亭在离停战协定生效只剩3个小时的时候壮烈牺牲。

王援朝的生父和养父,倒在了胜利前夕,埋骨在三八线附近的军事缓冲区。吕瑞清同样陷入了巨大的悲痛,也是靠着和黄彦亭、高亚梅的相互鼓励,咬紧牙关才振作起来。但现实摆在面前,独自带着两个儿子的吕瑞清没有办法再给黄彦亭更多物质上的支持。思来想去,她和两家人共同的好友王福寿长谈了一天。不久,王福寿便向组织提出申请,与独自抚养王援朝的黄彦亭结婚。

两人结婚后,直到王福寿过世,他们一直与吕瑞清保持着联系,告诉她孩子上学、参军、工作和生活的情况。他们也一直想告诉王援朝真实的身世，吕瑞清一直不同意，说等有了合适的机会再说。这一回他们去西安，是为了亲自告诉吕瑞清一个好消息，王援朝即将成为父亲了。是时候让他们母子相认了。

这本该是一个苦尽甘来的大团圆，如果不是命运弄人，王福寿突发疾病离世的话。

两位母亲将一切和盘托出的那个下午，王援朝第一次看到了生父杜耀亭的照片，那是一张杜耀亭和战友们的合影，拍摄于朝鲜。拍照时他的年纪和自己现在差不多大，他有着和自己相似的眉眼。王援朝没有喊过他一次爸爸，但看到照片的第一眼，就认出了他。

泪眼蒙眬中，三位父亲的形象似乎重合在一起。他们都已完成了自己的使命。

数十年后故地重游，回忆起这些往事，王援朝还是没能忍住眼泪。

王援朝说，年轻的时候崇拜生父、养父，觉得他们是热血英雄；如今年纪越大，越理解继父的不容易。牺牲的英雄永远不会老，但活着的人更难。他要面对现实的困难，处理各种微妙的关系，牺牲自己的很多东西。他这辈子背负太多，为了战友的遗愿，为这个家付出了太多，最后连遭遇死亡都是因为忙着继子的事。

王援朝泪眼模糊："我最近常常在想，如果不是为了亲口向生母告知我的消息，他怎么会客死他乡呢？"

孙嘉怿也唏嘘不已，安慰王援朝："他完成了所有的心愿，走的时候一定没有遗憾了。现在，三个人可以在另一个世界把酒言欢了。"

王援朝点点头，"我这次来，是为了看看三个爸爸战斗过的地方，也替他们看看以前的战友。这一辈子，我敢保证从没做过一件让别人戳脊梁骨的事,没有给他们丢脸。"

那天晚上,孙嘉怿辗转反侧,直到很晚还是难以入眠。先烈们的事迹感动着她,先烈们的人格更让她敬仰。她下定决心,要尽自己的一切努力,和新时代的青年志愿者们一起,为亲人早日找到先烈,也让先烈们早日"回"到亲人身边。

14

到了这儿以后,要可劲地喊爸爸

朝鲜桧仓中国人民志愿军烈士陵园是朝鲜数十个志愿军烈士陵园中规模最大的一个。它坐落在平安南道桧仓郡一个150米高的山腰上,包括毛岸英在内的134名烈士长眠于此。除3名无名烈士外,每一个坟冢前都立有石碑,所有墓旁都种有一株当年从中国移植来的东北黑松。

在祭扫的人群中,陈传文老人是走得最晚的。他把所有的墓碑都看了一遍,也没有找到父亲陈士成的名字。

第三天早上,团队参观中朝友谊塔,参加了中国大使馆的清明公祭,下午来到了新安州市。来新安州市,是因为这里有一座志愿军烈士陵园,这座陵园是为纪念铁路运输战线上牺牲的烈士而修建的。

团队中有亲人安葬在这里的烈属并不多,大家在这里悄无声息地祭奠着英灵。人群中,有一位身材魁梧、剃着平头的老人目标明确,一进门就奔向建成不久的英名墙,仰头寻找。孙嘉怿留意到,有很长一段时间,他站在那里一动不动。孙嘉怿上前去看,发现他已经泪流满面。

老人指给她看墙上的名字:"董志,我爸爸。我是他的儿子,董耀强。"

去朝鲜参战前,董志是杭州铁路机务段的一名火车司机。1951年3月赴朝后,他成为志愿军铁道兵,任援朝机车第六大队司机。同年5月7日,在敌军飞机的狂轰滥炸中,董志驾驶着满载物资的火车,再没能从火光浓烟中出来,壮烈牺牲。

董志离家的时候,妻子吕华珍只有23岁,女儿1岁多,董耀强出生才7天。孩子们在母亲对父亲的思念中长大,他们对父亲一点都不陌生——

他留下了好几张照片,其中有当年的结婚照,他穿着考究的礼服,深情款款地紧挨着穿一身婚纱的新娘。另一张合照,是一两年后照的,夫妻也是相依相偎、恩爱甜蜜的姿态。放大了挂在家里墙上的,是董志那张英气逼人的军装照,他胸前挂着勋章,头微微上扬,目光好像在看着很远的地方。

董志活在妻子一遍遍的念叨里。董耀强从小就知道,父亲多么勇敢,多么善良,多么要求进步。董志在杭州铁路机务段工作时,就曾经避免过一次平交道撞车和一次分隔运转事故的发生。有一次,一辆机车出轨,司炉张裕祥生命垂危,董志知道后抢着输血,挽救了同事的生命。

到朝鲜以后,董志写信给铁路机务段的同事们:"我们经过天下第一关山海关时,登高远眺关内外。多伟大的祖国呀!这时,我们保卫祖国的决心更加坚定了。"

受父亲的影响,董耀强17岁时就毅然选择参军,继承父亲的遗志。在山东当兵的4年里,他年年都是"五好战士"。

董志上战场后留下了好几封信,每一封吕华珍都能够倒背如流:"朝鲜去过两次了。我们还要去,因为还有任务,我们白天在山洞里躲避,躲飞机,晚上我们就开始出发。朝鲜的地方,仅在我们到过的地方,已经没有一间好的房屋了……"

朝鲜,朝鲜。在过去的几十年里,朝鲜都是这个家的伤心地,也是吕华珍心心念念想去的地方。每年的祭日,她都会带孩子们到杭州市革命烈士纪念馆祭奠丈夫,但她更想去丈夫牺牲的地方看看。从20世纪70年代起,她就多次尝试联系大使馆,但一直没有结果。直到2011年,丈夫牺牲60周年时,在各方帮助之下,她才得以在儿子董耀强的陪伴下,去朝鲜寻找丈夫最后的归宿。

新安州的这座烈士陵园里,有几个很大的坟堆,埋着1178名烈士的忠骨。事实上,虽然董志的照片与名字印在碑上,但谁也不知道他具体埋在哪里。

那一刻,天地含悲,山河垂泪,一个个坟包,被掩埋在深深的草丛里。一切都没有改变,就像董志离开的那个春天一样。一切又都改变了,妻子失去丈夫,儿女失去父亲,那就是天塌了啊!

董耀强和另一个朋友搀着母亲向墓地鞠躬。老太太80多岁了,僵硬的膝盖已经无法跪下去,干脆整个身体趴在坟头,抓着一把枯草,哭得肝肠寸断。

七年后,新安州志愿军烈士陵园新造了英烈墙,上面刻着董志的名字。老太太没有办法再来了,董耀强代表母亲,来看一看父亲,他说有机会还会再来。

这些年来,他作为民间的"和平使者",见证了烈属寻亲的种种波折。他心里很清楚,可能没有办法找到父亲具体的安葬地,但是有这样一堵墙,能留下一个名字,已经比很多家庭幸运了。

现场还有一对来自东北的姐妹,她们对着一个个墓穴挨个儿磕头,不停地喊着"爸爸"。妹妹张润英说,她们姐妹四个都没喊过爸爸,总是羡慕别人有爸爸,所以到了这儿以后,要可劲地喊爸爸。

可是,她们也不知道爸爸具体埋在哪里,只好挨个儿磕头,挨个儿喊。

张家有姐妹四个,张润英是最小的妹妹。她很乐意和孙嘉怿讲讲爸爸的故事。

爸爸叫张树珊,去朝鲜时,张润英还不到1岁。她对爸爸的印象全部来自妈妈和姐姐的回忆。她们会一遍又一遍地说,他是家中独子,有文化,字写得好,性格也好,做事有条理。他还爱写日记,家里之前有个小箱子,里面都是他的日记。他特别要求进步,1948年入了党,在沈阳铁路局大成车站当值班站长。他说当干部要起带头作用,"家人要支持,不能拖后腿"。妈妈舍不得,但也只好同意了。他1952年入朝,在朝鲜平安南道中平车站任站长,负责物资供给。

爸爸走的时候太着急了,都没跟家人拍张合照。到了朝鲜之后,他寄过来自己的单人照,然后让妈妈带着四个孩子拍张照片给他寄过去,说想孩子了。妈妈不识字,就找别人念信,然后领着四姐妹去照了张相。那张照片和爸爸一起留在了朝鲜。

爸爸牺牲于1953年7月10日,离停战只有约半个月时间。当时敌人专门炸铁路运输线,他指挥车辆先进山洞,自己还没来得及进去,敌机的炸弹就落了下来。

爸爸牺牲时只有31岁,妈妈29岁。她没有再嫁人,之后的漫长光阴,四个孩子就成了她的全部。每年烈属代表团宣讲烈士事迹,她都是积极分子。她一直念着丈夫,直到88岁离世,她都没能去成朝鲜。

这回张润英和姐姐来,也是带着母亲的遗愿来的——给爸爸磕个头。

陈传文羡慕她们,虽然还没有找到具体埋葬位置,但至少有个地方可以磕头。他就没有那么幸运,在新安州,他还是没有找到父亲的名字。"你们的爸爸开火车,有固定的轨道;我爸爸开汽车,就不知道在哪里了。"他苦笑着说。

15

烈士生前的最后场景,经战友口口相传,终于传到了家人那里

第四天的行程安排是去开城烈士陵园。那天吃早饭的时候,孙嘉怿看到一位陕西来的阿姨一直在掉眼泪。

当时太匆忙了,她竟然没来得及问阿姨的名字。

那些天,孙嘉怿看过太多老人掉眼泪——他们从进陵园之前开始抽泣,一直哭到祭扫结束——她没有多问。但这位阿姨的举止有些奇怪,她一边哭,一边拿了好几个馒头,却又不吃,只是悄悄地放进自己的包里,慌慌张张地拉上拉链。一抬头,迎上孙嘉怿的目光,这位阿姨有些尴尬。

孙嘉怿也不好装作没看见,就问:"阿姨,你不吃吗?"

她愣了一下,眼泪又涌了上来:"不是的,我是带到陵园去。我们那里,上坟都是要带馒头的。我从家里带来了,可这么多天了,都干掉了,坏

掉了。我昨天去外面看过了,也没有地方可以买……"

孙嘉怿明白了,这馒头,是阿姨给亲人准备的祭品。"你等等。"孙嘉怿折回去又拿了三四个馒头,趁人不注意揣在自己兜里,到外面塞给阿姨,"咱们近70年也就来了一次,不能再让亲人饿肚子。"

阿姨很感激,上车时特意坐到孙嘉怿身边,她说这次来是看望自己的叔叔。当年,叔叔在朝鲜牺牲,噩耗传来,自己的奶奶承受不了这样的打击,因为悲伤过度,没多久就去世了。

这些年,叔叔的死一直是全家的痛,家人也一直在找他的安葬地。直到黄军平带来了名单,孙嘉怿和志愿者们几经辗转联系到了他们家。

阿姨说,无论如何得去朝鲜看看。说起来,她对这位叔叔并没有什么印象,但听上一辈的人说得多了,就觉得亲切。想着今天要见了,就忍不住掉眼泪……

不知不觉,车上都是抽泣声。大多数人都是通过黄军平提供的名单找到亲人的,他们要祭扫的烈士都在这里。朝鲜没有鲜花卖,附近老百姓知道他们要来,采了很多野花,扎成一束一束。大家哭着下了车,哭着买了花,哭着找到亲人的墓或名字,然后趴在地上或靠着墓碑放声大哭。

"爹啊,爹啊,快70年了,我总算找到您了!我来了,带着您的孙子孙女来看您了。"烈士郭占鳌的墓特别显眼,72岁的儿子郭英汉哭倒在墓前,孙子郭军、孙女郭娟献上花,摆上花圈及从家乡带来的一大包土特产,还有他们家的千字家书,将墓围了整整一圈。

孙嘉怿是在一个烈士后代的QQ群里认识郭军的。当时,郭军在那个群里打听爷爷郭占鳌在朝鲜的牺牲地,孙嘉怿觉得这个名字眼熟,便在根据黄军平的视频整理的名单中找,果然在开城烈士陵园6号墓的资料中,看到了这个有点特别的名字。

和郭占鳌葬在一起的,还有他的老乡,同样来自宁夏石嘴山市惠农的烈士罗永林。

郭军想了很多办法去找罗永林的后人。他也说不出为什么,只觉得和爷爷有关系的人,一定要找一找、问一问。他想知道更多关于爷爷的事。

家里几乎没有爷爷的遗物,唯一一张照片也残缺不全,人像上半身已经模糊不清。

一个人抚养孩子长大,奶奶王秀兰在子孙绕膝的漫长岁月中,曾一次次回忆丈夫的过去。但在郭军的印象中,爷爷到底长什么样,奶奶好像也没有说清楚过,也许年复一年的辛劳让人变得不善表达,也许漫长的思念抵消了最初的记忆。总之,奶奶一说起爷爷就哭,年纪越大,越容易掉眼泪。

郭军从奶奶的叙述中得知,爷爷是1947年入伍的,1949年回来过一次,那时爸爸郭英汉不过两岁。爷爷抱着爸爸说,仗马上打完了,马上就可以回家了。但他后来去了朝鲜,奶奶等啊等,一直等到1953年,等来了一张烈士证书和军队慰问的一头耕牛。

在生命的最后几年,奶奶反反复复说的就这么几句话。郭军相信,更细致丰富的情感,更委婉动人的细节,还有那些说不完、说不出口的千头万绪,都在奶奶心里。2010年,奶奶去世后,郭军寻找爷爷的努力并没有中断。此后多年,他多次到当地烈士陵园、纪念馆、档案馆和民政局寻找线索。然而,由于年代久远、资料残缺、地域变化、知情人失联等原因,不管如何努力,郭占鳌依旧只是一个模糊的影子。直到2017年,郭军在机缘巧合之下进了黄军平、孙嘉怿所在的QQ群。

郭军觉得,罗永林和爷爷是老乡,又葬在一起,那么说不定罗永林和家人提到过爷爷,或者在他的遗物中会有爷爷的印迹,于是四处打听。

功夫不负有心人。2018年2月，郭军在老家的堂弟打来电话，在民政部门的帮助下找到了罗永林烈士的儿子罗维国。他们立即与罗维国见面。郭军提到爷爷没有留下任何东西时，罗维国找出了一张合影。

"这是爸爸进朝鲜前寄回来的，一个是他，另一个不知道是谁。"

照片上的人让郭军觉得很亲切，有可能就是爷爷。但发到家庭微信群里，谁都不敢确定。

带着照片，郭军又来到了爷爷曾经居住的惠农老庄，寻到了两位年纪最大的老人帮助辨认。问到照片上的人谁是郭占鳌时，当年95岁的老者神志已经不太清楚，说话反复没个准头儿，一会儿说罗永林是，一会儿又说边上这个人是。

问了一圈没有答案，郭英汉便对家人说："不管照片中的人是或不是，他既然是志愿军，就是我们的亲人！我就把他当成我的爹来祭奠！"

3月初，郭军又打听到，在石嘴山市平罗县，也有一位老志愿军战士，便辗转和对方的女儿取得了联系，得知老志愿军叫史进奎，是当年第191师炮团战士。

当时史进奎正在住院，他女儿把郭军领进病房。郭军也没说自己是谁，上前把那张专门放大的合影拿给他看："老爷子，这个人你认识吗？"

老人怔了一下，立马清晰地叫出了那个让郭家人朝思暮想的名字："这……这不是郭占鳌吗？他是我当年的战友，怎么会不认识呢？他没活着回来，到死我都忘不了……"

岁月，仿佛在那一刻凝固。郭军觉得，这些年不懈的努力终于有了结果，一切辛劳都是值得的。

老人说，他们入朝前便是好友。以前是一个班的，一起在宝鸡修过铁路。到了朝鲜以后，他被分在炮团，郭占鳌则被编入第64军第191师第

572团1营3连机枪排,成为一名机枪手,从此就再没见过面。后来,郭占鳌的指导员调到炮团,史进奎就向他打听这位好朋友。指导员一听这个名字,脸色就变得凝重起来:"他是你的什么人?他,已经牺牲了。"

史进奎心一沉,忙问他是怎么牺牲的。指导员眼泪掉下来:"他真的太勇敢了,打起仗来,不要命的。"

指导员告诉他,郭占鳌是在马良山战斗中牺牲的。激烈的战斗中,敌军飞机扔下的炸弹炸断了郭占鳌的脚筋,血流不止。但他一边端着机枪向敌人扫射,一边拖着血肉模糊的腿爬过了一块高粱地,被发现的时候他身后是一条长长的血印。最终,他因为失血过多壮烈牺牲。

在病房里,史进奎向郭军复述指导员回忆的场景,说到动情处,不禁老泪纵横,唱起了当年的那首战歌:"马良山、马良山,威武雄壮的马良山,我们誓死保卫你,不许敌人来侵犯……"

歌声苍凉激越,听者无不落泪。

郭军同样泪流满面,这是他第一次听到关于爷爷的具体故事。仿佛冥冥之中早已注定,烈士牺牲时的场景,经战友口口相传,终于传到了家人那里。那么生动,那么刻骨铭心,那个画面从此印在了郭军脑海中。

"但是我还想知道爷爷更多的事,"在郭占鳌坟前,郭军对孙嘉怿说,"牺牲前他还打过哪些仗,有什么好朋友,有没有留下什么话,喜欢什么,厌恶什么,打完了仗打算去做什么……自从确认照片上的人就是他,这个27岁,脸圆圆的,看起来很憨厚的小伙子,那么形象地出现在我面前,我就一直在想这些事。"

孙嘉怿很理解他,当初看到外公和奶奶父亲的照片时,她也是这种感觉。于是孙嘉怿给他出了个主意:"去旧书网上搜搜,如果有资料提到他的名字,说不定可以搜到。当初,我就是这样找到了太公写的书。"

郭军点头记下，但没有抱太大希望。他当时也没想到，这会是自己又一个使命的开端。

16
回到国内，一定让你们享受最高礼遇

直到现在，孙嘉怿还常常想起朝鲜祭扫之行结束前那个细雨霏霏的上午。

祭扫的时候，整个烈士陵园里哭声一片。

多少年了啊！那些思念、牵挂、委屈、不甘，那些说不清道不明、剪不断理还乱的情感，那些这么多年一直盘旋在每个家族一代代人心头、盘旋在每一个喜庆团圆的日子里、很少被刻意提起却从来没有被忘记的深深的缅怀和入骨的思念，在那个下着细雨的上午得到了尽情释放。

等到大家都祭扫完，太阳出来了，多数人的情绪已平复了许多，脸上悲伤的皱纹终于舒展开来。在孙嘉怿看来，这是饱经沧桑之后的轻松与释然。

这是朝鲜行的最后一站，第二天大家就要离开朝鲜回国了。陈传文又是最后一个离开墓地的，他之前认真地看过黄军平的视频，没有找到父亲的名字。他实在不甘心哪，抱着一丝希望到现场又转了大半天，还是没有找到。

他在烈士陵园里用拐杖敲击着地面喊："爸爸，您到底在哪里？我跟您的儿媳妇董良英来了！爸爸，如果您在天有灵，请给我点提示吧，让我知道您到底在哪里啊！"

墓园里一片寂静，老人颓然坐在地上。孙嘉怿立即上前扶起："陈爷爷，您别急，回去以后我们再想办法。"

回去的车上，老人泣不成声。次日早上4点多，出发前，他又把父亲的照片放在宾馆西边的小山坡上，点上蜡烛，烧上纸钱，颤颤悠悠地跪下，又颤颤悠悠地掏出一家老小的旧照片，然后毕恭毕敬地面向父亲的照片磕头，一下，两下，三下……

看着这一幕，想起刚到丹东的头一天在断桥相遇时老人那满怀期待的样子，孙嘉怿心里说不清楚是什么滋味。出发后，她主动坐到了老人身边。

陈传文主动向孙嘉怿说起了往事：

父亲陈士成参军前是南京土特产公司的一名汽车司机，那是很吃香的工作，所以家里四个孩子衣食无忧。1951年下半年，前线战事吃紧，为了保障后勤运输，部队面向全国招募驾驶员。同时，考虑到战争的残酷性，组织上希望结过婚、有子女的去朝鲜执行任务。为了祖国，陈士成毅然上了战场，成为某部汽车连的一名班长。1952年，在运送物资的路上，车队遇到了敌机的轰炸。为了引开敌人，保住整个车队，陈士成选择开亮车灯向反方向全速行进，从而引开敌人的轰炸机。敌人的炸弹一次次倾泻而下，陈士成当场壮烈牺牲。

陈传文家里，有一封来自中国人民志愿军某部汽车2团的信，是手写的，向家属表达了悼念之情。信里留下的地址是朝鲜平安南道大同郡福山面大阳里，但并没有写具体的陵园墓地。

父亲牺牲后，母亲含辛茹苦，一个人把他们兄弟姐妹四个拉扯大。

母亲临终前,嘱咐他们一定要找到父亲,最好把父亲"带"回来。但这么多年,他一直没能完成这个心愿,每年清明,都是在家乡"遥祭"。如今千里迢迢地来了,还是没能找到,陈传文只能在宾馆西面的小山坡,这个可能距离父亲埋葬地比较近的地方"遥祭"。

"什么叫痛彻心扉,那个时候我感觉到了。我已经这个年纪了,每次在电视里看到打仗的场面,看到汽车被炸飞的场面,我就会想:爸爸牺牲的那一刻在想什么?他是不是也一直在想我们?如果再找不到,我怕我已经没有力气再来朝鲜给他磕头了,以后见到妈妈,我也没有办法向她交代啊。"陈传文说这番话时,满脸是泪。

孙嘉怿说不出安慰的话,只是暗下决心,回去后一定要帮他找到父亲。

回到丹东后,孙嘉怿又等了两天才回宁波。她买了最贵的机票,选了商务舱靠窗的位子。这是她第一次坐商务舱,为的是完成自己的一个心愿。

这次自愿来朝鲜陪同烈士亲属祭扫,孙嘉怿心中有一个计划,那就是尽可能多地搜集烈士的照片,到图片社冲洗出来,她要带这些烈士"回家"。

飞机上,孙嘉怿一直抱着一个包。空姐问她为什么不把包放到行李舱里去,她说,她习惯了用这个包当枕头。

其实,包里就放着她冲洗出来的照片。她怀抱着一沓沓志愿军烈士的照片,坐着商务舱,在祖国的万里蓝天上"巡航"。

其实,她就是想抱着这些照片回到祖国。作为一个普通人,她没有办法代表官方找战机为烈士护航,只能通过坐商务舱的方式,让他们"体体面面"地回国,和自己一起看看祖国的大好河山。

志愿军烈士,欢迎"回家"!

志愿军烈士,回到国内,一定让你们享受最高礼遇!

慢慢地,志愿军英烈仿佛有了体温。他们的体温,伴随着孙嘉怿的心跳。

暖暖的,像满天的星火,点亮了祖国的天空,温暖了天空下的山脉、河流、草木和人群。

除了带回照片,她还带回了一个建议。在朝鲜的时候,她很惊讶地发现,开城烈士陵园就在朝鲜著名的景区成均馆附近。松岳山的成均馆是当地著名的旅游打卡地,而山的那一面,就是安葬着1万多名志愿军烈士的陵园。她当时就想,如果来旅游的中国人知道有那么多志愿军将士长眠于此,会不会来祭扫呢?

她想,不能白来一次,应该把这次看到的、听到的一切告诉更多的人!

一回国,她就在微博上发布了此行的所见所闻,联系了原来做旅游的同事,建议他们如果再去朝鲜,可以在参观成均馆前后,加上开城烈士陵园这一个点,让更多的人了解这段历史。这个建议,后来被好几家旅行社接受。

对孙嘉怿来说,这次朝鲜之行的意义在于,她第一次近距离地结识了一个又一个志愿军烈士的亲属,近距离地看到了他们的眼泪,听到了那么多鲜活具体、有血有肉的故事。这些,都让孙嘉怿深受触动。对于那些承受了战争的余痛、忍受了失去亲人的痛苦、挨过了无望的等待、经历了数十年苦苦追寻的烈士亲属,哪怕只是一个地名、一张照片、一件物品、一声问候,都是一种无言的安慰!

他们,应该得到更多的关注、更多的帮助!

第四章

满庭芳·追光的人们

这是一个特殊的团队。这个团队的成员,全部是志愿者。他们不拿一分工资,没有任何报酬。他们深知,中国人最讲究落叶归根,哪怕多少年过去,烈士的家人依旧在等待着烈士回家。他们坚信,"崇尚英雄才会产生英雄",全社会就应该有一种致敬英雄的浓厚氛围。

这个团队的成员,到访了国内25个省份和地区,还远赴朝鲜、越南、老挝等7个国家收集烈士资料。

他们的足迹遍布742座革命烈士陵园,他们建立起有着近4万条革命烈士数据的信息库和遍布全国的志愿者网络。

他们帮助近1500位客葬异乡的英烈找到了亲属。

"崇尚英雄、捍卫英雄、学习英雄、关爱英雄"的社会风尚,是新时代的光芒。他们,就是一群追光的人。

17
我也是军人的后代，想加入为烈士寻亲的队伍

从朝鲜回来后，孙嘉怿有一种特别迫切的感觉，要为更多的烈士找到亲人，为在世的老兵们寻找失散的战友，为烈属们找到烈士安葬的墓地，整理出烈士所在部队番号、战斗事迹以及牺牲时的情况等更多细节……

要做的事还有很多。如果能更快一些完成，早日圆烈士"回家"的心愿，那些为国而痛失至亲的家庭就能少一些遗憾。

但她也越来越感觉到，这是一项专业且复杂的工作，绝非凭一己之力可以办到。要提高效率，需要一张遍布全国的志愿者网络和一套相对成熟的程序。但那时的她，心里完全没有底……

好在，越来越多的人加入进来。她不时收到私信，很多网友被她发布的烈士故事所打动，询问自己可以做点什么。

刚开始，仅仅是发布整理好的名单，或者为求助的烈属查找烈士牺牲地。后来，大家开始商量，怎么样可以尽快掌握更多烈士的资料，更高效地对接联系，然后一起摸索尝试。再后来，渐渐有了一套完整的程序，每个人都找到了自己的定位；在这个过程中，又有新成员加入进来……大家像兄弟姐妹一样，互相学习帮助。就这样，一支遍布全国的志愿者队伍，在一次次具体的寻找任务中，逐渐完善起来——

孙嘉怿记得，最早联系她的一批志愿者，大多和她一样是军人的后

代,带着对祖辈、父辈的怀念加入了为烈士寻亲的队伍,比如福建泉州的志愿者王玉茹。

王玉茹是在孙嘉怿去朝鲜之前联系到她的。当时又一批整理出来的志愿军烈士信息名单在网上流传,其中有5位是泉州籍的。泉州市的志愿者小庄整理完善了烈士基本情况后,转发了"我为烈士来寻亲"的话题帖子。王玉茹是小庄的微博粉丝,在其中一位烈士的资料中看到了一枚徽章,感觉和爷爷的那一枚很像。

但她没有办法去问爷爷那枚徽章的来历,因为那时老人的生命已经进入倒计时。

爷爷1948年当兵,1952年退役,但打过哪些仗,王玉茹都不知道。他讲过那段经历,说是风餐露宿、九死一生。有一回打仗,打着打着,不知道是太累睡着了还是晕过去了,等醒来的时候发现四周静悄悄的。原来,战斗已经结束,自己躺在死人堆里,最后从战友的尸体中爬了出去。

她努力回忆,好像只记得这一些了。可能越是亲近的人越不会重视,爷爷讲的时候,她从来没有放在心上。等意识到这件事的重要性,再去追问时,老人家已经什么都不记得了。

但是,爷爷有一些习惯从来没有变过,比如被子一定要叠得方方正正、有棱有角,衬衫永远整整齐齐、一丝不苟。哪怕快90岁了,爷爷坐着的时候绝不靠着椅背,走路也不肯用拐杖,吃饭时不说话,也不让孩子们说。他一辈子昂首挺胸,若看到有孩子走路弓着背,定会大声制止。

哪怕他已经不太记得身边的亲人了,但五年参军经历打下的烙印,从来没有被时间磨灭半点儿,一直到他去世。

爷爷走后,王玉茹找到了老人留下的三枚徽章,上面分别写着"华北解放纪念""解放西南胜利纪念""1950剿匪胜利纪念"。徽章不会说话,它们不会告诉王玉茹哪一场战争是爷爷九死一生经历过的;哪些并肩作战的战友后来又去了朝鲜;这么多年,爷爷又有多少骄傲与遗憾埋在心里。

想得越多,王玉茹就越难过。于是她给孙嘉怿发了私信,说她也是军人的后代,想加入为烈士寻亲的队伍。孙嘉怿将她拉进烈士寻亲群,最初让她负责一些整理墓碑图片资料、录入表格、在各网站查找烈士相关资料等工作。

在媒体的助力下,泉州5位烈士中有2位的家属信息找到了。利用志愿服务的机会,孙嘉怿和王玉茹见了面,她们一见如故。

吃饭的时候,孙嘉怿无意间提到了师傅"路客"的事,让王玉茹很受触动。

18

寻找烈士墓,每一次寻找,都是一次传奇和感动

路客本名叫兰钢,来自广西贵港,也是军人后代。孙嘉怿称他为"引路人"。

在"烈士寻亲圈"里,他是一个"神人",一个"传奇"。他十几年如一日,一人一摩托,默默地奔走在各地的烈士陵园和新发现的无名烈士墓地之间。一路走,一路拍摄每个陵园的烈士墓碑,一座也不遗漏。

他还把这些墓碑仔细编号,登记在册。什么地点,什么陵园,哪处山冈,第几排墓碑,烈士的名字,牺牲的年月……所有信息都记录得清清楚楚,然后发布在自己的博客上,便于寻亲的烈士家属搜索和查对。孙嘉怿也是看到他发布的信息后,主动联系上他,然后他俩一拍即合,成为"同道中人"。

路客很少接受采访,但和朋友聊天时,倒是说过一些趣事。

比如,到偏远地区的陵园,往返不容易,一天的时间不够拍摄整理,他便在烈士陵园里打地铺过夜。

孙嘉怿问他:"一个人在陵园过夜,晚上不害怕吗?"

"怕啥,里面都是好人。"路客说。

他还说,如果打定主意要在陵园过夜,就多买一些香烟和酒。进去之后,晚上可以点支烟,倒上酒,和英雄们聊聊天,问问他们来自哪里,家里还有谁。

听起来有点神神道道,但孙嘉怿脑补了一下那个画面,又觉得挺温暖。

他常常被人说是怪人,因为总是一路拍摄,还被怀疑是间谍。联防队员质疑过他的动机,但他从来不把这些"委屈"放在心上。

"只要你心里坦然,就百无禁忌。"路客说。

"厉害,厉害!"孙嘉怿佩服得五体投地,"下次叫上我们一起。"

"女孩不行。"路客一口拒绝。

孙嘉怿:"怕啥?有啥好怕的!"

路客:"是怕狗,怕荒山野岭有野兽,遇上了怕你跑不快。"

有一回,他在一个陵园住了一晚,半夜迷迷糊糊听到狗叫,可是太困了,也没放心上。第二天工作人员来开门,看到他之后一脸惊诧:"你,昨晚没走?一晚上都在这?"

路客点头："没事的，我不是第一次在陵园过夜，你放心，我是好人。"

对方半天才缓和了脸色："我这里养了藏獒，见到生人就咬，你就不怕藏獒把你变成'手撕鸡'？"

路客也有点后怕，想了想又觉得好笑："那……那说明藏獒也分得清好人坏人，还是说满园烈士在保佑我？"

孙嘉怿讲这位"神人""传奇"的时候，眼里闪着光。她说他不是军人，但接触过他的人，无一不感叹他是一名战士，不但自律、能吃苦，而且特别专业、细致。他的现场资料多，慢慢地形成了自己的数据库，并且毫无保留地和大家分享。他成熟严谨的信息搜集比对经验和丰富的军史知识，成为许多后来者的指路明灯。

"路客有一句话，我记得特别清楚，觉得很有哲理。他有一次对我说，寻找烈士墓，每一次寻找，都是一次传奇和感动。"孙嘉怿说。

19

这个过程很辛苦，一点也不浪漫、不刺激

听了路客的故事，王玉茹深受感染："我们这个团队，说起来还是整理信息的人多，真正跑出去的人少，毕竟出去需要时间，需要精力。我时间自由些，可以试试。"

她的父亲年轻时开始创业，之后做了很多公益，捐资助学，捐款修

路……可惜父亲去世得早,这是她心里永远的痛。父亲生前尽力帮助别人,她也经常参加公益活动,延续父亲没有做完的事,就好像父亲一直在遥远的天国默默地看着她。

她被路客荒山寻墓的故事所打动,从那时起,她经常开车去泉州的角角落落,寻找烈士墓。这是父亲从来没有走过的路,如果他知道,一定会为她感到骄傲。

这个过程很辛苦,一点也不浪漫、不刺激,但为烈士"追根究底"的责任心,和一次次帮助烈士亲属找到亲人的喜悦,让她在这条路上越走越远。

2021年6月,有人告诉王玉茹,他在泉州张坂镇苏坑村的荒山里,发现了一个烈士墓,不知道这位烈士的亲属知不知道墓地所在。王玉茹便决定去一探究竟。她在微博里记下了那一天的寻找过程,这个匆匆写下的近似于"流水账"的记录里,饱含着志愿者的艰辛——

> 今天早晨九点从家里出发,前往张坂镇苏坑村寻找赵元成烈士的墓。我看了一下导航,显示是23公里,用时需40分钟。
>
> 跟着导航走,走到了一个不知道啥名字的村庄,走到没路可走,后来掉头问了路边的人,他们说要往左边一直开进去。我问附近有没有啥参照物,他们说第十一实验小学,不过还要一直往前走,然后再上山。我导航第十一实验小学后,打热心村民老苏的电话。他告诉我说,小学右侧围墙边有一条小路可以上去。我说那路好小哇,貌似只有一条车道。老苏说,没事的,那路很少有车上去的,万一遇到车,边上可以停的。我鼓起勇气从一条车道的小路开上去,看到一片拆迁地,路上全是黄土或者废墟,高高低低,我开车时心里都有了阴影。我把车停在一个土路的

小山坡上,下车后想问一下附近的群众,烈士墓在哪儿,但是没看到群众。我又打了老苏电话,老苏说,你沿土路一直开,开到山顶,把车停在那边,然后再往前面山下走,就可以看到烈士墓了。我张望四周,看到高高低低的路有好几条,不知道车该往哪走,我决定走路寻找烈士墓。我自己找来找去都没找到,后面又打老苏电话,他说你人对着烽火台,往十一点钟方向走,然后再往下走,就可以看到了。可我还是没找到,一个人在荒山野岭,很热很累也很无助时,遇到一位外地的大哥,有可能是施工队的,问他烈士墓在哪儿,大哥说要走到山顶上,然后再往下走就能看到。我跟大哥说,我找了两圈都没找到,您能否带我去,大哥说可以的。我跟着大哥走,这是一条黄土路,走到半山坡时,大哥说,烈士墓原来在前面,后来征迁搬到了下面。我们从一堆杂草丛中走过去,我的鞋子衣服上都是那种小刺,又穿过一片废墟,我们在远处看到了烈士墓塔。大哥右手指着前方说,烈士墓就在那儿,你自己走下去,我先回去了。我向大哥道谢后,一个人往下走,终于走到了烈士墓前。此时已经11点了,非常累。(今天气温35摄氏度以上。)

今天能找到赵元成烈士的墓,感恩一切给予!

(现在眼睛都快要闭上了,勉强记录下。)

根据墓碑上的信息,赵元成是中国人民解放军红旗部队八一二中榴炮营机械员,山东省海阳县小纪区榆疃庄村人,1949年8月牺牲。王玉茹将赵元成的信息抄下来,查找了相关资料,发现赵元成烈士是因为几位战友在搬运炮弹时,弹体滑落引发爆炸,为了掩护战友扑在炮弹上而牺牲的。

王玉茹在新浪微博上发帖,寻找赵元成烈士的亲人。很快,烈士的侄儿赵树军联系到她。赵树军说,他们找了伯父很多年,为此他的父亲,也就是烈士的弟弟还专门到过福建惠安,去了解放军烈士庙等地寻找线索,也没有找到。

赵树军说:"找到了伯父,终于可以给所有已故的亲人一个交代了,也感谢志愿者王玉茹帮我们圆了心愿。"

20

她从来没有见过这样的仪式

除了自己主动去寻找烈士墓,志愿者也会根据烈属的委托,到烈士的牺牲地代为查找。

2021年4月,王玉茹收到了志愿服务团队转来的一份委托,委托人叫蒙茜。蒙茜来自广东,她要寻找丈夫的爷爷钟敬凡,说是牺牲在福建。

通过蒙茜,王玉茹联系到了她的公公钟振荣。

钟振荣是烈士钟敬凡唯一的儿子。他说,父亲是1956年2月从广东高州入伍的,那时自己还不满周岁。母亲李少芳含辛茹苦把自己养大,一个人守了60多年寡,临终留下一句话,要是能和丈夫合葬在一起就好了。

王玉茹心里一酸:那你知道他具体的牺牲地吗?

钟振荣说,他记得小时候母亲很少提父亲,直到20世纪60年代末父亲的一位老战友出现。印象中那位战友也是广东高州人,退伍后特地来家里探望。他说你爸爸本来已经收拾好行李要回家了,临时接到任务,匆匆出发,便没有再回来。

他记得当时这位战友说,烈士都是在牺牲地安葬的,他的父亲1959年12月牺牲于解放军的一次军事行动,只是他不明确牺牲在福建的具体哪个地方。

那一天,母亲大哭一场,说要去找丈夫。可当时家里太穷了,实在凑不齐路费,一直到20世纪80年代,他们一家才试图循着线索去找,但一直没有找到。

王玉茹记得很清楚,那一天她刚好在睡午觉,看到钟振荣发来的消息,马上从床上爬起来打电话,接着就跑到泉州市革命烈士陵园去查找。那是泉州最大的革命烈士陵园。在工作人员的协助下,她找了一圈,但没有找到钟敬凡的信息。

她便将信息发布到东南公益志愿者群里。"他们在厦门、漳州没找到,我就想可能在泉州,但泉州革命烈士陵园里也没有,是不是还可能在别的地方?"

最后,她求助了泉州市退役军人事务局,工作人员非常认真负责地帮助查找,终于在资料库里找到了信息:钟敬凡烈士应该是安葬在南安市水头镇的革命烈士陵园。王玉茹马上联系了水头镇的志愿者高再发。第二天,高再发便去了山上的烈士陵园,拍了照片确认,钟敬凡烈士就安葬于水头革命烈士陵园。

钟振荣看到照片,喜极而泣:"太好了,我们要来看看爸爸!"但因为一些原因,这场本已迟来多年的祭奠又推迟了两年。

清明时节雨纷纷。2023年3月24日一早,春雨沥沥渐渐下个不停。王玉茹和其他志愿者带着钟振荣夫妇及其子女来到了水头革命烈士陵园。钟振荣自踏入陵园的那一刻起,身体便一直激动地在发抖。儿子搀着他走到陵园一排靠左13号墓地前,看到父亲名字的那一刻,钟振荣一下子扔掉手中的雨伞,跪倒在墓前,叫了一声"爸",之后便泣不成声。

雨水就是泪水,泪水也是雨水。

半个多世纪了,他终于找到了只在照片里见过的父亲。

钟振荣的妻子、女儿、儿子和儿媳蒙茜也都跪了下来,一家五口哭成一片。最后还是蒙茜想起来:"上香,快上香!"摆上供品,子女后代一一上香。王玉茹一直陪着他们。此刻,她怎么也没想到的一幕出现了——上完香、磕过头之后,蒙茜从袋子里掏出几个一次性采血针。钟振荣伸出手指,让妻子用针扎了一下,挤出血后,颤颤巍巍地把血滴抹在烈士碑上。血顺着雨水化开了,老人又颤抖着抹了一次。

接着,其他人也一一扎针,一家人手拉着手,在钟敬凡的墓碑上一遍又一遍地抚摸着。

这一幕让王玉茹非常震撼。为烈士寻亲这么多年,见过各种各样的祭奠,但她从来没有见过这样的仪式。

"60多年了啊!"钟振荣老人抽泣着说,父亲走的时候只有26岁,自己也不过4岁多。如今他自己都是一个白发苍苍的老人了,父亲怎么会认得出他来,更别提从没见过的孙子孙女了。

"我们只能滴血认亲。血浓于水,父亲会知道,是亲人来了。"钟振荣边说,边用手指抚摸着墓碑上父亲的名字。

21

谢谢小赵,把爸爸带回到我们身边

经常往来于中朝之间的商人赵斌也是一名十分积极的志愿者。他的出现,和在朝鲜一直没有找到父亲墓的陈传文老人有关。

从朝鲜回来以后,孙嘉怿一直惦记着陈传文的事,在微博上发布长文,原原本本讲述了老人寻亲的故事,打动了许多人。后来,对朝鲜情况很熟悉的赵斌联系上她。他做中朝贸易,常年在朝鲜各地跑。

"很多旅行团不能去的地方,我可以去。交给我试试。"

孙嘉怿点开他的微博,发现他多次去过朝鲜的烈士陵园,心头一热,便让这个和她一样有"英雄情怀"的人,去找一找"朝鲜平安南道大同郡福山面大阳里",那是陈士成烈士的牺牲地。

过了一段时间,赵斌果真在朝鲜大同郡找到了烈士陵园,并拍回了烈士墓地的照片。

"是陈世成。"赵斌说。

陵园有陈士成烈士的名字,只是把"士"写成了"世"。赵斌不放心,会不会是另一个人?于是他又去打听,大概知道了原因:志愿军撤退回国时,将烈士名单发送给当地相关部门,当时名单被翻译成朝鲜文,后来建设陵园时,再翻译回来,中间出现了音译的差错。因为籍贯和年龄都对得上,赵斌认定,陈世成应该就是陈士成。

"找到了！"孙嘉怿赶紧向陈传文老人报喜。电话那一头，老人"哦"了一声，停顿了半天，似乎不敢相信是真的，随后才泣不成声。

这么多年的期盼终于有了答案，百感交集的他反而不知道说什么好。孙嘉怿一想，近70年的寻找终于画上了圆满的句号，一个电话，分量太轻了。

她要去南京！她要见证陈士成烈士与家人的"团圆"时刻！

她带上烈士墓地的照片，和丈夫小林一起带着女儿，去了南京陈传文老人家中。她还特意让女儿为老人送上了一枚纪念章，纪念他的烈士父亲，也纪念他们家长达近70年的寻找。

这枚纪念章的分量很重啊，陈传文捧在手里，在家人的帮助下把它佩戴在胸前。

他们围坐在一起，包了一顿团圆饺子，还特意在桌上多摆了两份餐具，以及两份热腾腾的水饺。陈传文老人热泪盈眶："爸爸妈妈，今天我们一家终于可以团圆了！我还认了个带爸爸'回家'的干女儿，谢谢小孙，把爸爸带回到我们身边。"

孙嘉怿说，最重要的是要谢谢赵斌，没有他的努力，就没有这个团圆的时刻。他们现场和赵斌用手机视频连线，一起举杯庆祝烈士"回家"。

视频中，陈传文老人对赵斌又说了一次："谢谢小赵，把爸爸带回到我们身边。"

小小的屏幕里，满头白发、老泪纵横的老人让赵斌心里五味杂陈，自己看来举手之劳的举动，让一家人有了放"心"的地方，让情感的纽带重新相连，让漫漫数十年的思念终于有了寄托。他几乎被自己感动了。

思来想去，他后来对孙嘉怿说："我加入你们的团队吧，我经常在朝鲜，总是方便一点。"

很快,赵斌成为"我为烈士来寻亲"志愿者团队的主要成员,主要负责在朝鲜"跑腿"。

"跑腿"其实是跑"心",他在寻找中,倾注了自己的全部情感。

22

他们都有一双"火眼金睛"

找不到地方的时候,很多志愿者喜欢问大家心中的"大神"康明。

康明的特长是看电子地图。通过地图上的卫星图片,他可以看到每一个角落,包括电子摄像头"捕捉"到的每一棵树、每一间房子。康明从陕西西安机械厂退休后,就开始研究"看图"。

当年,为了寻找父亲康致中的墓地,他请父亲生前的战友凭记忆画了一张他们曾经战斗过的地方的地图,并将父亲的牺牲阵地以及指挥所标注出来。他这样做的目的,是想通过现代科技手段,试试能不能找到父亲牺牲时的准确地点。毕竟,现在的电子地图越来越精准——找到一个与手绘地图的地貌特征完全一致的地方,那里或许就是父亲牺牲时的准确地点了。于是他每天坐在家中通过网络不停地搜索,仔细辨认附近的每间房屋和每棵树。他惊叹,科技真是神奇,实现了足不出户就可以"观天下"的目标。

这样一次次的观察、寻找,他总觉得自己离父亲又近了一点点。这个过程中,他锻炼出了看地图的能力,几乎一看一个准,能够准确找到目标,并且可以"算计"出如何到达目的地。

康明还有一个特长,就是熟悉战争史,尤其是抗美援朝的历史。在他看来,这都是志愿者需要具备的知识。比如,同名的烈士不少,需要通过一些具体的细节来区分,像战争的时间、地点、部队番号以及战斗的具体过程等。在这方面,康明是"百事通",可以给大家很多合理的建议。

他的这些能力,帮助了很多荒山找墓的志愿者,也为一直在寻找亲人的烈属提供了很多有效线索。

烈士臧克力的牺牲地,就是康明为其家属找到的。

臧克力是诗人臧克家的宗亲,1951年3月随部队奉命入朝作战时,是第12军34师101团政委。他的妻子崔枫刚怀孕不久,8个月后儿子呱呱坠地时,他已经牺牲在朝鲜,成了家人心中永远的牵挂。正如诗人臧克家那句著名的诗:"有的人活着,他已经死了;有的人死了,他还活着……"

臧克力的儿子崔甦奇,从小和姥姥一起生活,后来被接到母亲身边生活。母亲因为不愿意过多回忆悲伤的往事,毅然将几个孩子都改为姓崔。崔甦奇也是从那个时候起,才知道父亲臧克力是一名烈士,并陆陆续续开始了解父亲的故事——

在母亲的描述中,父亲臧克力出生在山东诸诚县一个富庶之家,学问好,性格好,还写得一手好字。崔甦奇见过父亲去朝鲜前写给奶奶还有叔叔、姑姑们的信,在信中他为不能忠孝两全而自责,还让弟妹不要告诉母亲自己上了前线,只说去学习了,不久便会回到家乡尽孝。

"虽然,听不到我的消息、捷报,但你们会看到,这许多英雄的创举中,有一个平凡的我在里面……在一年后,最多二年,我会再回到慈母的怀抱里,那时,我将尽一个革命战士所有的力量来补足12年远离膝下、不能伺奉起居饮食的缺憾。我诚恳地感谢你们,家庭的重负,你们全部替我担当……"

这是臧克力的最后一封家书,两个月后他牺牲在朝鲜战场上。

之后的许多年,母亲崔枫一直在寻找父亲。1997年,听说沈阳抗美援朝烈士陵园有志愿军烈士的名字,她就去了沈阳,但没有找到父亲的名字,听说可能在丹东,于是又去了丹东。到达当晚,她一直在默默地抽泣,后来终于抑制不住,号啕大哭起来。陪着她的儿媳一边劝,一边也一起掉泪。在进丹东抗美援朝烈士陵园前,母亲到花店订购了99朵红玫瑰。银发老人,捧着那么大一束鲜艳的玫瑰一步步走进陵园,仿佛一个庄严而浪漫的仪式。但这里也没有臧克力的名字,母亲便把花摆放在纪念馆大堂,献给所有的志愿军烈士。坐船游鸭绿江时,母亲望着朝鲜一侧,又一次流下了伤心的泪水。

崔甦奇陪着母亲一起找,后来在互联网上看到了康明的故事,便联系上了同为烈属的康明,希望对方可以帮忙一起寻找。康明和他一起查看了12军的军史,又走访了几位臧克力当年的战友,渐渐还原了烈士生命的最后时刻——

1951年5月19日下午,臧克力所在的34师接到协同第27军攻歼丰岩里之敌的命令。为了让部队按时赶到指定地区,101团政委臧克力和团长张超商量,他带队尾随100团前进,让张超赶到前面了解情况。但等张超回来时,迎面而来的却是团政委臧克力牺牲的噩耗。

副政委左三星哭着说,政委见天快亮了团长还没有回来,就带着警卫员赶往先头营找,没想到一去不返。左三星带人去找,走到前沿突击排时,发现臧克力倒在一条小河的左边,警卫员倒在右边,已经牺牲了。鲜血流进小河,染红了河水。当时敌人正在攻击,左三星只能暂时先让人将臧克力的遗体就地掩埋好,并做好标记。第二天大家想把遗体抬走时,敌人发起反扑,臧克力的遗体便永远留在了异国他乡。

根据相关记载,康明判断,臧克力牺牲的地方应该是现在的韩国江原道洪川郡自隐里,为保证万无一失,他用地图反复查找以后,还特意去了一趟,发现那个地方真的有一条小河,和臧克力战友描述的极为相似。"就是这里了!"

2019 年 5 月,臧克力烈士牺牲 68 年之后,在康明的带领下,崔甦奇和其他几位烈属来到自隐里祭奠亲人。这里青山环绕,早已不见当年战火纷飞的痕迹,长眠于此的人也没有留下一块碑、一个墓。崔甦奇把父亲的遗像放在小河边的木墩上,磕头跪拜。他一边流泪,一边打开了从国内带来的山东景芝白酒,洒在小河边、树墩旁,敬献给自己从未谋面的父亲,也献给陪父亲一起长眠于此的战友。

"臧叔叔,您的儿子来看您啦!"康明在旁边大声说道。

崔甦奇再也抑制不住内心的百感交集,面对着父亲的遗像号啕大哭。

"谢谢你帮我找到了爸爸。"渐渐平静下来后,崔甦奇又一次向康明表达感谢。

这样的故事还有很多很多。对康明来说,自己成了一个永远回不到父亲身边的孩子,他希望尽己所能,发挥自己的特长,帮助更多像他这样的孩子完成心愿,帮助更多志愿军烈士的后代接父辈"回家"。

并不是找到了墓地,就能获得烈士的具体信息。因为年代久远,准确辨认墓碑上的信息,常常也是个考验人的细活儿。

2021 年清明前,福建泉州志愿者协会和退役军人志愿服务部门组织大家去洛阳镇洛阳村的一个山上祭扫烈士。这是王玉茹第一次看到八烈士塔。

阳光照耀下,这座八角形的纪念塔肃穆矗立,"革命烈士永垂不朽"八个大字直击人心。这里,安葬着牺牲在此的八位革命烈士。村民们说,早年周边村庄拆迁,这些牺牲在洛阳村的外省烈士,就被集中安葬于此。但是,这么多年都没有见到亲人来祭拜过。

王玉茹便把这些烈士的名字记了下来,她在网上查了一下,发现只有周奎法、陈国生两位烈士的信息是比较明确的。她把整理好的相关信息发布在微博平台"我为烈士来寻亲"的话题下。很快,烈士的亲属在福建泉州找到了为国牺牲的亲人。

王玉茹说,墓碑左右两边的小字一般是烈士所在部队番号、籍贯和牺牲时间,但时间久远,经过风化,字迹有的深,有的浅,非常模糊,有的字甚至只能看清偏旁。那段时间,每天中午吃完饭,她就骑着电瓶车出发,到了山脚下以后就走路上山去"寻亲",然后用手机和另一名更有经验的志愿者王君涛视频连线。他们边看边查资料,主要是查各地的地方志和行政区域图,来判断烈士的籍贯。

王君涛是很多志愿者心目中的"半仙"。一般人很难想象,一个"80后"船厂工人,仅凭照片和视频,就能将墓碑上的字猜个八九不离十。

王君涛的解释是,小时候家里实在太穷了,没有电视,没有任何娱乐,他只能到旁边一个老师家里去看书。他看了很多军史战史,而且特别感兴趣。长大后,他就把一些相关的书籍,包括老兵回忆录之类的统统找来看。

说到解放军的军史和战史,他如数家珍。比如,他知道大名鼎鼎的刘老庄连,八十二烈士中有好几位就是他的同乡。他认为"纸上得来终觉浅",就开始"躬行"于各地的红色景点和战场遗迹,有些细节还去当地的地方志里面找。这些年积累的经验,使他仿佛有了一双"火眼金睛",一看到图片,就知道如何以最快的速度把自己需要的信息找出来。

他也和烈士有关系,长辈们告诉他,他的舅姥爷就是革命烈士。

其实,在中国这片广袤的大地上,许多人的家庭都与解放军有关,都与先烈有关。因为,这个伟大的中华人民共和国,是无数革命先烈用鲜血换来的。几乎每个人的家史里,都有当过兵的人,都有为国家牺牲奉献的人。

舅姥爷到底是怎样参加革命的?他有哪些感人事迹?他做了什么?他是在哪一场战斗中牺牲的?他是怎么牺牲的?没有人说得清楚。舅姥爷的墓就在后山,王君涛小时候常去后山玩。舅姥爷的墓旁边,还有其他人的墓。时间长了,那些碑都风化了,名字也模糊了。王君涛说,小时候也不懂得什么,只觉得没有人记得他们很可怜,就想着把墓碑上的字抄下来。"总的来说,就是因为童年太寂寞了。"

王君涛还教给王玉茹一个办法,在墓碑上洒点水,再抹一些土粉,用刷子刷一刷,这样有一些偏旁就可以看得更清楚一些。

这个办法,王玉茹觉得很管用。那段时间,村民常常会看到一个年轻女子蹲在烈士墓前捣鼓来捣鼓去,脸几乎贴在了墓碑上。王玉茹也不管村民异样的目光,每一次辨别完,就去村里打一桶水,将墓碑刷干净,然后双手合十拜一拜:"多给我一点提示吧,让我们早一点帮您找到家人。"

就这样,他们又确认了4位烈士的信息。

2021年4月,周奎法烈士等到了他远在浙江诸暨的亲人。祭奠仪式很隆重,从老家来了10多个烈士亲属。烈属们说,他们在20多年前就来泉州市的洛阳镇找过,可惜当时人生地不熟,只能失望而归。如今,在"我为烈士来寻亲"公益项目的帮助下,终于圆了梦。

白发苍苍,泪水模糊。缭绕的香火,无尽的思念。烈士塔下的一幕,让人唏嘘不已。

这一年5月,周玉范烈士的女儿周凤香在家人的陪同下,也来到泉州。周玉范烈士原姓苟,后随姥姥姓周。他出生于1930年,14岁时参军,后来加入中国共产党,在抗日战争和解放战争中,参加过上百次大小战斗,1960年牺牲。

王玉茹和周凤香联系上后,自己开车去机场接机。

去周玉范烈士墓地的路上,周凤香的眼泪就没有断过。她带来了家乡的水、土和食物,这是一个女儿对父亲的浓浓思念。

来到墓地,周凤香哭着跪在父亲墓前,把家乡的水、土和食物一一献上。时光流逝,不变的是父女亲情,不变的是对亲人刻入骨髓的思念。王玉茹和其他志愿者一起,陪着她掉眼泪。

过了好久,周凤香才在大家的搀扶下慢慢地站起来。她一把抓住王玉茹的手:"姑娘,你对我们家恩重如山,我要给你送面锦旗。"

王玉茹连连摆手,我们是志愿服务,一切都是公益的,也是自愿的。

周凤香说:"你一定要收下,你收下我才安心。父亲去世那年,我才3岁,这么多年了,想父亲了,只能看着他唯一一张一寸照片哭,没想到这辈子还能和父亲'重逢'。我真的不知道用什么来表达自己的感激。"

王玉茹答应周凤香,自己以后会把周玉范烈士当成亲人,每年春节、清明、中秋,只要有空,一定上山给烈士们上香,再拍照片给她。

从那天起,周凤香也把王玉茹当成了自己的亲人,为了和王玉茹联系,她还学会了使用微信。平时也没有更多的话,就是每天在"微信运动"中默默为王玉茹点赞,她说这是感谢她奔波的每一步。

这份朴实的感情也激励着王玉茹往前的每一步。

23
建立属于自己的英烈数据库

收集了烈士英名墙、墓碑等图片信息后,需要通过中华英烈网、烈士纪念网比对核实,确认烈士身份。

有一天,一个叫万翔天的年轻人私信孙嘉怿。他是一名程序员,精通电脑技术。

万翔天:我在网上观察你很久了。我对互联网非常熟悉,我觉得我可以帮到你们。

孙嘉怿想了想:那你能不能帮我们把网站上所有的烈士信息都复制下来?

他说没问题。之后就没声音了。偶尔,在深夜,或凌晨两三点的时候,万翔天会发一些消息来,询问她具体的要求。

又过了几天,他发来一份长长的 excel 表格,说是帮大家把抗美援朝英烈数据库里的烈士信息全部复制了下来,大概有 16 万名烈士的资料,整理成了一份完整表格。

孙嘉怿被震撼了。她抽样比对了一下,发现这份表格里的信息基本准确。

她又惊又喜:谢谢你,这可帮了我们大忙了。

"有用就好,"万翔天说,"我知道你是个孩子的妈妈,很抱歉总是在后半夜打扰你。"

万翔天说,家里的电脑内存不够,只能用单位的服务器下载资料。对他来说,加班本来就是家常便饭,完成工作再干这个,几乎每天都要忙到后半夜,所以基本回不了家,就在单位睡了。

孙嘉怿感动得快哭了。这不是冥冥之中,上天给志愿服务团队送来的"宝贝"吗?难道是这些年来,他们所做的一切,感动了上苍?

但是,互联网上的信息常常不全面,也不太准确,这就需要与当地的退役军人事务局对接。自从2018年国家成立退役军人事务部后,各地的退役军人事务部门也相继成立,在抚恤褒扬英烈方面发挥了巨大而且重要的作用。但这些部门成立时间太短,掌握的资料大多是1983年烈士普查时登记的,当时没有普查到的,就需要到当地档案馆去找更原始的资料。

退役军人事务局和档案馆一般工作日才开门,而且一个县里的烈士往往有几百到几千名不等,牺牲时间大多在半个世纪之前,真正查找到有用的资料至少需要一两天时间。所以,往往自由职业者才有时间做这件费时又费力的事儿。

而且,这个人得特别有耐心,特别细致,还要特别善于学习,愿意通过各种渠道查询资料,自费花钱买书或下载论文来充实自己的知识储备。

"特别有耐心,特别讲细致,特别善学习,特别能奉献"——这就是"我为烈士来寻亲"志愿服务团队成员的座右铭。

在江西省景德镇市乐平市一个熙熙攘攘的路口,路旁有一个手机贴膜摊,摊主叫程雪清。他就是这样一个具有"四个特别"潜质的人。

他已摆摊十多年。在来来往往的人们眼中,程雪清就是个其貌不扬的小贩,每天上午9点出摊,晚上9点收摊,有生意时贴膜,没生意时就玩手机。但是，人们看不到他低头"玩手机"时眼里传递出来的专注和热情——用志愿服务团队成员的话说，这小子的眼睛里有"光"。

他热情高涨，做生意的间隙，他将烈士信息逐条从中华英烈网上摘录下来，建起了自己的"江西籍烈士数据库"。他资源广博，先后建立或加入100余个微信群，添加包括退役军人事务局和烈士陵园工作人员及社会志愿者等9000多个好友。他热心公益，三年里为100多位烈士找到了亲属。

程雪清说，下大雨不能摆摊的时候，就是他跑退役军人事务局和档案馆的日子。

程雪清找过一位叫马尝桥的烈士。他是在浏览中华英烈网时，无意间扫到了他的籍贯——"江西乐平"。程雪清心头一动，想为这个老乡找到家人。

没有墓址，没有烈属委托，除了姓名籍贯，只有"1931年于福建战斗中牺牲"这一句话。从一个名字、一个籍贯和一句话里找寻线索，就像大海捞针。没有别的线索，程雪清就到当地档案馆查。工作人员很热情，抱出厚厚一摞资料，那是1963年前后相关机构登记的3000多位革命烈士的花名册。每一页记录10位烈士的姓名、职务、事迹、亲属情况等信息。真是寥寥数语，概括一生啊！

程雪清说，相比于网站，这已经算"比较详细"的资料了。

一页页翻过，宣纸薄薄的，他却感觉重达千钧。

程雪清这回运气好，只用了小半天就检索到了马尝桥的资料。牺牲地——福建从安山，"从"是"崇"的简写，资料对得上。20世纪60年代时亲属有6人。

程雪清说，他当时难掩兴奋："太好了，烈士有后！"但是，当他真的找上门时，却发现烈士的直系亲属都已经不在了，只能找到几个远亲。

程雪清遗憾，感慨，也心酸。

24
从志愿者到常务理事

每寻找到一位烈士的亲人，"我为烈士来寻亲"志愿服务团队的影响就会扩大一分。随着影响的不断扩大，现在的团队可谓群英荟萃，人才济济。

可见，干好一项事业，人才是关键。

程雪清就是团队里的一个人才。

程雪清最早联系到孙嘉怿，是因为一份缺失的资料。2019年父亲去世，他在整理遗物时，无意间翻出一张"新四军复员证"的复印件，证件上是他外公的名字。他非常惊讶地发现，从未见过面的外公是一名参加过抗战的新四军战士，1946年复员，1970年过世。但家里从来没人提起过这样一段光荣的历史，他一直以为家庭成员祖祖辈辈都是没有走出过村庄的农民。

那一刻，他既觉得很自豪，又觉得像在梦里一般。他看过很多战争片，在他出生前就去世的至亲，和电影里的抗战英雄一样吗？他渴望了解与外公有关的所有事情。

程雪清想找到外公复员证的原件，从这个事情起步，去了解更多外公的事迹。于是,他到附近县市的档案馆查阅资料,也在微信朋友圈求助。虽然没能如愿,但因此结识了不少全国各地关爱老兵和为烈士寻亲的志愿者。有人向他推荐了孙嘉怿,说她为很多烈士找到了亲人,说不定也能帮他打听到。程雪清便加了孙嘉怿的微信。孙嘉怿也热心地帮他问了很多志愿者和相关部门。之后,程雪清找到了外公更加具体的信息,在和各地志愿者一次次的咨询、了解和交流中,他也感受到了为烈士寻亲的意义和价值,于是主动加入了孙嘉怿的志愿服务团队。

热爱是最好的老师。因为专注和执着,慢慢地,他在圈子里也小有名气。他还加入了乐平市新四军研究会并担任常务理事,参与研究会筹建并负责为烈士寻亲工作。

2021年5月,80多岁的彭大华找到程雪清的摊位,请他帮忙找一下自己的外公。

根据彭大华提供的信息,他外公叫黄万生,1927年参加革命并入党,曾担任赣东北苏维埃政府和中华苏维埃共和国中央执行委员,跟随方志敏北上抗日后,音讯全无。

新中国成立后,彭大华的母亲得知黄万生牺牲在战场,可是对于他在哪里牺牲、在哪里安葬等细节,无从知晓。之后,几经周折,多方寻找,家人均未能如愿。

"现在妈妈走了,我也老了,余生就这么一个心愿……"彭大华拉着程雪清的手说。

程雪清在摆摊做生意的间隙,在网上查阅资料,还咨询了当地党史办专家,但仅查到彭大华外公的入伍记录。

这个记录和武山这个地方有关。

一个偶然的机会,程雪清在旧书网看到一本名为《武山雄鹰》的书。这本书记录的是革命战争年代的史料,他很感兴趣,就花了30元钱买下来。冥冥之中似有天意,当他翻到第3页时,被眼前的文字惊呆了:赫然映入眼帘的是"田英,又名黄万生,安葬在江西省都昌县大港镇烈士陵园"!

那一刻,他觉得好像被什么东西击中!踏破铁鞋无觅处,得来全不费工夫,他感觉有一种力量,在牵引着他一路前行。

程雪清赶紧比对了籍贯和生卒年份——完全对得上!于是,他立即与烈士的出生地和牺牲地的退役军人事务部门联系,后经反复确认,终于确定田英就是黄万生烈士。

这里面,还有一段曲折的故事:

原来,黄万生化名田英,先后任赣东北特区总工会常委、中华苏维埃共和国第二届中央执行委员。他是真正的英雄,带领当地游击大队由50多人发展到160多人,在武山一带开展游击斗争时,被当地群众誉为"武山雄鹰"。后来,黄万生在都昌不幸被捕遇害。

"田英,田英……"彭大华念叨着这两个字,眼泪又一次掉下来。

一个化名,封存了多少故事,隐藏了多少往事?又有多少有着相似情况的无名英雄,还在寂寞地等待?

除了化名,还有方言、笔误,以及地名、行政区域变更等各种原因,让烈士"回家"的路变得更艰难。

帮助烈士找到相关的证明材料,也是以另一种形式帮助烈士"回家"。

2021年5月,来自福建的朱寿媚联系到程雪清,请他帮忙确认叔叔朱家福烈士的身份信息。朱家福曾服役于志愿军第20军第59师第175团,于1950年11月牺牲在抗美援朝战场。在他们家乡,人人都知道朱家福烈士的事迹，但因为找不到证明材料，当地革命烈士英名录中并没有朱家福的名字。

通过"为烈士寻亲"微信群，程雪清托人找到了《中国人民解放军第一七五团革命烈士登记表》。细查之后发现，登记表中有一位烈士朱介福，和朱家福的信息基本一致。经过核实，原来在当地方言中，"介"和"家"读音差不多，所以在记录时出现了偏差。经过多方查证，程雪清联系了当地的退役军人事务局，提供了一系列有说服力的论据。之后，朱家福烈士被纳入新修订的烈士英名录。

这个认定，对于朱寿媚一家人意义重大。这是国家对朱家福烈士革命生涯的认定和认可，也是对先人最好的告慰。朱寿媚给程雪清寄了感谢信，在信封上饱含深情地写下"程雪清恩人收"几个大字。

类似的事情还有不少。

在福建省泉州市惠安县崇武镇，有一座全国独一无二的廿七君庙，里面纪念着为保护人民群众生命而牺牲的解放军烈士。一次，程雪清从福建省泉州市退役军人事务局发出的求助信息中得知，27位烈士之一的饶文全，在相关部门移交的资料上，填写的是"江西省何登乡乔头村人"。这个地方在哪里？

程雪清查遍了江西所有地名，也没有找到"何登乡乔头村"。有了之前的经验，他便努力查找与之同音或谐音的地名，最终在江西省会昌县找到了读音近似的地名"河墩乡桥塘村"。

联系上会昌县退役军人事务局后，程雪清得到了热情的回应。经多方核实，"何登乡"就是现在的"河墩乡"。后来，在当地退役军人事务部门的帮助下，他找到了饶文全烈士过继的后人饶龙福。

"爷爷,我们两代人找了您几十年,今天总算如愿了。"寻亲成功后,51岁的饶龙福带着家人,第一时间前往廿七君庙祭拜爷爷的英灵。

更加令人欣慰的是,正当程雪清自己都对找到外公更多信息不再抱有希望的时候,意外的惊喜却突然降临了。

在他真心帮助别人的时候,很多热心人也在帮他寻找。

乐平市委党校教师徐伟将他发在网上的相关线索转发给景德镇市新四军研究会秘书长张红生。张红生一边利用"为烈士寻亲"微信群发动志愿者帮助寻找,一边联系到开国将军刘毓标的儿子刘华苏,他是研究新四军历史的专家。经刘华苏查阅相关资料证实,程雪清的外公徐文根于1944年参加新四军,被编入新四军华中军区,随部队转战多个战场。抗日战争胜利后,由于身体原因,他经组织批准,复员回到江西乐平老家。

比起祖辈的尘埃落定,更让程雪清欣慰的,是后辈的继承。

靠着年复一年的出摊,他将两个孩子供进了大学。他的吃苦耐劳和善良坚韧也影响着下一代人。

儿子程佳俊从大学一年级开始就帮着父亲为烈士寻亲。一开始,他没有电脑,只能到学校附近的网吧去整理烈士信息。于是,当地的网吧出现了这样一个奇怪的现象:一个来网吧的年轻人不玩网络游戏,而是像个"老学究"一样钻进网上的"故纸堆",研究革命历史。学习之余,程佳俊在网吧嘈杂的角落登录中华英烈网,挨个点开烈士信息,逐个手动录入电子表格。他一丝不苟的姿态,和周围玩游戏的年轻人有些格格不入。但程佳俊很自豪,他觉得自己正在做一件很有意义的事情。

年轻人出手,效率会高得多。程佳俊整理了一个半月,将闽北战役中牺牲的江西籍烈士名单和信息都整理了出来。

程雪清特别开心,对他来说,培养出懂事的好孩子,是做公益最大的回报。

25

每一个烈士牺牲地,几乎都有一位志愿者"联络员"

"我为烈士来寻亲"志愿服务团队中,每个人都有明确的分工。

在分工中,联络员这一"岗位"的职责很重要。

拍好的墓地、陵园照片,经过各地志愿者线上、线下核实和分区整理后,就会转交给烈士籍贯所在地的联络员;而一些烈属寻找烈士牺牲地的委托,也会转交给牺牲地的联络员。联络员相当于一个地方的统筹协调者,主要负责联系相关部门和实地走访,为烈士找到家人。当然他们自己也会找墓地、查资料,就像程雪清和王玉茹等人。

四川安岳的联络员叫明城,虽然孙嘉怿和他没见过几次面,但在她心里,明城就像自己的弟弟一样。

这个"90后"小伙是她2021年通过助学认识的,话不多,但是特别勤奋投入。加入志愿服务团队后,孙嘉怿陆陆续续交给他安岳县在全国各地以及境外安葬的300多位烈士的名单,经过一年多的时间,多半都有了下落。

孙嘉怿喜欢踏实做事的人,这几乎是志愿者最重要的素质。以前,她不知道明城为什么这么拼。明城是一个沉默寡言的人,除了做事,很少与人交流。后来,"共事"的时间长了,也能从他偶尔透露的只言片语中听出点端倪。孙嘉怿喜欢刨根问底,竟问出了一段鲜为人知的伤心往事——

明城的爸爸也是一名军人,在汶川地震中参与救援时不幸牺牲。他一直记得,2008年5月23日,当时有一辆车来学校接他,说一起到外地接爸爸回家。当时他不过12岁,但听到对方说话的语气,再看到所有围着他的人脸上都是同样的神情,他一下子就懂了。

爸爸走了,继母改嫁,明城是吃百家饭长大的。有很长一段时间,他根本无法接受爸爸牺牲这个事实。人人都说爸爸是英雄,所以他也要坚强勇敢,但只有一个人的家实在是太孤单了。白天,他在学校上课,晚上同学都走光了,他就爬到学校的树上,假装自己是一只鸟,待在他心目中离爸爸最近的地方。

只有一个人可以把他从树上叫下来,就是他初中的校长,也是他爸爸以前的战友。校长知道苦口婆心的大道理他听不进去,每次只说:我想起了你爸爸以前在部队里的事,你想听吗?

他当然想听,于是只有从树上爬下来。

就像"一千零一夜"一样,校长每一天都会跟他聊点父亲的故事。这些大大小小的琐事,陪着他走过了孤僻且封闭的青春期。校长说,你好好努力,也可以像爸爸一样当兵。进了部队,你就会理解他的选择。

在校长的指导下,明城入了伍。当了五年兵,明城退役后进入公安系统工作,还入了党。

孙嘉怿想具体地问一问,校长和他说了爸爸的哪些事。

明城不肯说：都是小事，爸爸是一个很普通很低调的人，一定不愿意到处张扬。

孙嘉怿问：那你现在理解他所有的选择了吗？

明城答：他可以选择不做军人。但既然成为军人，祖国有需要的时候，就要不顾一切冲上去。

爸爸离开后，他生前的战友也一直关心着明城。所以明城有了好几个"爸爸"，其中有一位爸爸叫杨继红，大家都叫他"杨班长"。从明城入伍到退伍后参加工作，杨班长一直很上心。杨班长在安岳的退役军人事务局工作，为烈士寻亲出了很多力，也是安岳的义务联络员。那段时间，他经常给明城安排一些志愿服务团队的任务。

谁也没想到，这么正直、善良的杨班长会因为2022年1月的一次意外突然离世。

那个冬天特别冷，明城接到噩耗的时候，半天没有回过神来。他的手机里还留着前几天杨爸爸发的微信，叫他核对信息仔细一些，要对烈士负责。明城哭着问："可他自己怎么这么不仔细呢？怎么不打一声招呼就走了呢？"

明城不知道在问谁。

杨爸爸的意外离世，让明城再一次体会到生命脆弱、人生无常。

他不再迷茫，接过杨爸爸的接力棒，成为安岳县的联络员。

有记者来采访为烈士寻亲故事的时候，明城原来也不想多说。孙嘉怿用微信语音对他说，遵从自己内心就好。

孙嘉怿对明城说，她觉得为烈士寻亲的故事应该让更多的人知道并参与进来。如果有报道，他可以把这些报纸、视频拿到爸爸和杨爸爸的坟前，告诉他们自己继承了他们的遗志，没有让他们失望。

孙嘉怿在最后说,他们一定会为你骄傲。

明城回复了一个笑脸,说,好。

26
一定要找到上甘岭战役特等功臣的亲人

2022年清明节后,孙嘉怿接到了邓其平的一个电话。

邓其平是谁?他是志愿军63军187师559团团长邓仕均烈士的儿子。邓其平说给她发了一份志愿军研究会的资料,里面有抗美援朝战争上甘岭战役中与敌人同归于尽的38位英雄的名单。

他特别强调:"还有一些英雄的家人没有找到,需要志愿者帮忙一起找。"

孙嘉怿在名单中一眼看到了黄继光的名字。她非常震惊:黄继光的战友,这样的英雄人物,居然还有人连亲属在哪里都不知道?

邓其平说:"这份名录中很多人的信息是不全的。有的烈士牺牲后,组织联系过他们的家人,但他们的父母去世后,组织就渐渐与他们的亲属失联了。他们太年轻了,没有后代呀!还有的烈士连是哪里人都不知道,我们通过各种途径找了,但是不好找哇!"

名单中的王万成和朱有光都是四川安岳人,她就把信息交给了安岳县的联络员明城。明城做了很多功课,查阅了不少资料,他和孙嘉怿一样吃惊:这两位老乡,竟是名字刻在上甘岭"597.9"高地石崖上的特等功臣!

明城看到网上有一篇文章,是这样写的——

  王万成、朱有光,是志愿军 12 军 31 师 91 团 8 连的战士。他们是一起参军的老乡,在 8 连指导员刘怀珍的记录中,1951 年第一次见面,这两位小战士便让他"印象很深"。

  初到 8 连,"中等身材、皮肤黝黑,像只小老虎"的王万成便提出"指导员,快分我到前头去"。王万成身边的朱有光"皮肤白皙、脸上带点红润,一双机灵的眼睛,厚厚的嘴唇始终带着微笑"。

志愿军老战士刘怀珍后来在一篇文章中提到朱有光:

  他见我在看他,害羞似的低下了头。我问道:"你叫什么名字?"他细声地回答:"叫朱有光,指导员同志。""读过书吗?""读过两年民校,以后在家种庄稼。""家里有什么人?""一个妈妈,还有个……"朱有光说到这里,脸一红把头又低下了。王万成调皮地捅了他一下:"有个婆娘,还没过门咧!"他这莽撞的发言,使得在场的人都大笑起来。这一来越发使朱有光不好意思,几乎把头碰着膝盖了。我诧异地问道:"王万成,你怎么知道呢?""同场老乡嘛,名字叫唐素兰,我还见过她,长得可……""你这人真多嘴!"朱有光猛抬起头来,打断了王万成的话,狠狠地瞪了他一眼,又把头低下了。王万成把舌头一吐,做了个鬼脸,我也没再问下去了。

在指导员的记忆中,这"两个小鬼"一动一静,"一个爱学、一个爱教",没多久便成为"冷枪运动中的出色猎手";他们"打心眼里喜欢董存瑞",曾因讨论炸碉堡时"我去炸、你掩护"的问题吵得班长哭笑不得;上甘岭战役打响时,他们递交了请战血书,上面写着"有信心有决心完成最艰巨的战斗任务,说到做到不放空炮",19岁的王万成对刘怀珍说:"死怕啥子?死一百回也不怕!"

在志愿军第12军老战士的后代武丽佳提供的《鏖兵上甘岭》一书中,有一篇中国人民志愿军第91团8连指导员刘怀珍、副指导员王芳清的回忆文章,里面记录着王万成、朱有光两位英雄牺牲的经过:

> 1952年10月29日,第91团8连接受了11月5日反击上甘岭右侧597.9高地的任务。1952年11月1日16时,敌人集中两个连的兵力攻占友军1号阵地。17时许,友军1号阵地上只剩下班长一人,向我连副连长冯保芝请求支援。冯保芝当即派出王万成、朱有光和李士芳三人战斗小组去支援。在冲向1号阵地途中,李士芳身负重伤,王万成、朱有光二人迅速把他转移到石崖下,回身又向1号阵地冲去。
>
> 当他们进至1号阵地四五公尺时,山头上已拥上成群的敌人,向他们投手榴弹。他俩拾起落在近旁的手榴弹扔回去。可是,下面的二三百个敌人又一窝蜂地拥上阵地。在此千钧一发之际,朱有光抱着两根冒烟的爆破筒,高声喊着"共产党万岁!毛主席万岁!"的口号冲进敌群,王万成也操起两根爆破筒紧随其后,并大声喊道:"同志们,冲啊!"
>
> 王万成、朱有光献出了宝贵的生命,与敌人同归于尽。两人

用生命扭转了战局。战后,志愿军总部给两人追记特等功。后来朝鲜人民在上甘岭"597.9"高地的石崖上刻下了永不磨灭的一行字:英雄的朱有光、王万成烈士永垂不朽!

看着两位烈士的资料,孙嘉怿和明城都觉得不可思议。这么了不起的特等功臣,牺牲了这么久,竟还没有找到亲人!

孙嘉怿说,自己为烈士寻亲这么久,居然对他们的名字和事迹还这么陌生。明城则感慨,干这件事越久,越觉得要做的事还有很多。

在接到"任务"的第二天,明城就联系当地退役军人事务局,获取更多详细信息。

他在当地的资料里面,没有找到"王万成",但是找到了一个"王成万"。他也不知道这是不是同一个人,只能到村子里去问问。

当地退役军人事务局一位负责优抚褒扬工作的同志告诉他,烈士生前所在的岳阳镇城东公社已经不存在了。经进一步查询得知,烈士生前所在的公社应该就是现在的安岳县石桥街道办事处滴水村12组。

明城找到了那个村的村干部谢晓坤。谢晓坤核对烈士信息后,肯定地说,这个王成万就是王万成,村里人都知道,他还有一个弟弟。

但明城还是没敢百分百地确定,毕竟这是一件大事,不能仅听一面之词,还需要更多的佐证材料支撑。于是,他又去档案馆查找。在那里,他找到了1954年中国人民志愿军司令部发给王万成烈士家里的一张烈士证,上面明明白白地写着"王万成"。

5月18日,明城下班后,和村干部联系了一下,就一个人骑着电动自行车赶往安岳县石桥街道办滴水村。那天,下着蒙蒙细雨,明城出发得急,骑到半路电动自行车没电了。他推着车走了好久,找了一户人家充了二十分钟电,骑了一段路又没电了,只好将电动自行车放在路边,打着伞步行赶路。

好不容易赶到滴水村,他看到一个干瘦的老人打着伞在村口等人,脸上的皱纹如同刀刻一般。

明城问他:"你知道王万成烈士的家在哪吗?"

老人的眼泪一下子就掉了下来,"太好了,太好了,部队上来人了……"

明城这才意识到,自己穿着退伍时带回来的旧迷彩服,这让老人以为他是"部队上的人"。

明城一把拉过老人的手:"您就是他弟弟?"老人不断地点头,一下子扔掉伞和他抱在一起,泪水沿着刀刻一般的皱纹流下来,闪着光。

明城分不清挂在他脸上的是雨水还是泪水。

明城说,或许是他仿佛看到哥哥回来了吧。但是他泪水折射的光是哪里来的?雨中怎么会有光?那是心中发出的吗?还是天上的光芒?

王万成是家里四兄弟中的老大。如今,烈士的父母和两个弟弟都已离世,只剩下最小的弟弟王祖富,也已是八十岁的老人了。他拿出珍藏的王万成的烈士证书和当年部队寄来的信件,向明城哭着说:"大哥牺牲后,家里人都很伤心。我们只知道他是烈士,其他的情况什么都不知道,也不知道去哪里寻找大哥的部队,就盼着有一天部队的人来找我们,给我们讲讲大哥的事迹。"

王祖富沉浸在悲伤的往事中。他说,父母知道大哥牺牲后伤心欲绝,母亲每一次都是哭晕过去又醒来,醒来后就让儿子们给她读部队写来的信,一边听一边哭。当听到王万成是"毛主席的好战士"这一句时,会点点头。父亲也和母亲一起听,表情是木讷的。父亲从听到大哥牺牲噩耗的那一刻起,就一直是呆滞的样子。

"悲伤压垮了父亲的身体,三年后老人家就去世了。"王祖富说。

明城发现,20世纪50年代的那张烈士证复印件,上面的名字是"王万成",但1983年颁发的烈士证书,名字因疏忽而错填为"王成万"。

王祖富长长地叹着气。他说,母亲在世时,一遍又一遍地叫儿子们给上面写信,要求把名字改过来,但始终没有下文,可能没有寄到应该寄的地方吧。

明城听完,心里五味杂陈。他给孙嘉怿发了条消息:"王万成烈士家属已找到。"

孙嘉怿立即回复:"就是弄错的王成万?"

明城答:"嗯。"

孙嘉怿把这个消息反馈给志愿军研究会,又联系了王万成生前所在的部队。

5月20日,在有关部门的安排下,王祖富与某部8连的"接班人"们进行了连线。该连在最短时间内集合了全连的人,喊着嘹亮的口号,纪念连队的英雄。

部队也多方查找烈士的资料,终于找到了一张王万成的照片,但看上去非常模糊。孙嘉怿找人重新修复了照片并发给明城。

这是王万成留在世间的唯一一张照片。

2022年10月28日下午,明城和几位志愿者一起,护送王万成烈士遗像"回家"。

他取到遗像后,特意来到县人民武装部门口,这是烈士出征的起点。今天,他要"护送"着英雄,从这里踏上"回家"的路。

明城心情沉重,因为这是他第二次手捧烈士遗像,第一次,是捧着自己父亲的遗像。

像上一次一样,他含着泪,轻轻说了一句:"我们回家。"

27

整个村庄的热情温暖着她

找到王万成烈士家属后,明城接着去寻找朱有光烈士的有关资料。

安岳县烈士陵园里有朱有光的墓,档案馆里却没有他的烈士证信息,文献资料中也只有他被评为特等功臣这样短短一句话。

经过多方查找,基本确定了朱有光烈士是石羊镇人,而明城就是在那里长大的。他委托一个熟悉的村支书,将寻找朱有光家属的消息发到当地各个微信群里。当地老百姓非常热情,相互转告打听,有的村干部还一家家排摸,最后在三银村找到了朱有光的几个堂兄弟。

据说,朱有光当年和一个堂弟一起入伍。后来,只有堂弟一个人回来了。但朱有光这个堂弟也已经去世。

明城见了朱有光烈士的另外3个堂弟,其中年纪最大的一个,在朱有光牺牲时也只有5岁。他们告诉他,朱有光是独子,家中曾遭大火,烈士当年的遗物都没有了,也没能留下照片。最后村里出具了证明,证实了烈士家属的身份。

明城不甘心,过了一段时间又去,想再找找有没有烈士的遗物或照片。这一回,家属在多年没有动过的房间角落里,终于翻到了一张朱有光堂弟穿着志愿军军装的一寸照,是当年跟着朱有光一起参军时照的。年长的村民们都说,他和当年的朱有光长得很像,只是朱有光的眼睛更大些,鼻梁更挺些。

明城将这张照片和大家的描述发给了孙嘉怿。孙嘉怿邀请技术团队为朱有光烈士绘制了画像。

2023年5月14日,孙嘉怿特地赶到安岳,和明城以及朱有光原部队的代表一起,送烈士的画像回家。

孙嘉怿说,人没能回家,我们只能把烈士的画像送回家。

前一天,孙嘉怿和村支书肖桂义通了电话,肖书记问他们几点出发,孙嘉怿也没多想,就随口说了8点。

让人没有想到的是,第二天早上,孙嘉怿一行一到村口,就看到几乎全村的男女老少都在村口等着。村民们拉起了"欢迎朱有光烈士回家"的条幅,孩子们捧着鲜花。他们一下车,鞭炮声就响了起来。

肖书记赶紧上前迎接志愿者服务团队,他说:"我们没有特意组织,大家知道烈士要回来了,就在这儿等着,等了一个半小时了。天刚蒙蒙亮,村民们就自发过来打扫村子道路两边。他们说,当年朱家的孩子是戴着大红花,乡亲们敲锣打鼓送出去的。现在回来了,同样要热热闹闹地接回来!"

孙嘉怿眼眶一热,眼泪差点掉下来。这些最朴实的村民,在以他们的最高规格迎接烈士回家啊!

朱有光的堂弟捧过烈士的画像,紧紧地抱在胸前,说要带着哥哥在村里走一走,看一看村里的变化。大家便跟着一起,鞭炮声响了一路。很多老人边看边感慨,连声说"像幺妈,像幺妈"。

么妈是谁？村里的老人告诉孙嘉怿,就是朱有光的妈妈,四川话里小婶的意思。他们小时候,家里的长辈就让他们叫朱有光的妈妈为"么妈",还说她是烈士的妈妈,她的儿子为国牺牲了,所以大家要一起照顾她。于是,他们隔三岔五舀一勺米、捎一捆柴去看望烈士的妈妈。就连小孩子得了糖果,也会匀出一些送给她,一直到老人去世。

堂弟把朱有光的照片带回了原来的家。当老人的脚迈进家门的时候,他不停地喊："哥哥,我们回家了！"一边喊,一边掉眼泪。

房子里空空荡荡的,已经几十年没有人住了,偶尔有人来打扫一下。房子基本保持了原貌,两间房都空着,灶台和水缸还在,一如英雄离开时的样子。

堂弟指着空落落的屋顶说,记得小时候,房顶上吊着一个篮子,他还以为这里面是好吃的,就搬把小凳子去拿下来,不想却是老太太保留的资料。他看到了堂哥的名字,应该是朱有光的烈士证、勋章之类。但后来,老太太年纪大了,临走前把这些东西都烧了,可能是想让它们陪伴着自己到另外一个世界吧。村里很多人看到,老太太边烧边说："我要走了,我要把儿子带走。"

孙嘉怿说："我们带烈士去看看妈妈吧。"

老太太是朱有光的几个堂兄弟帮忙安葬的,只有坟,没有墓碑。按照当地的风俗,墓碑应该由儿女来立,老太太临走时说,儿子回不来,碑就别立了,所以坟前就这样空着。但这里逢年过节从来没有被冷落过,全村的人都会来祭扫。

孙嘉怿在老太太坟前,磕了三个头,然后大声地念朱有光烈士战斗的事迹和荣立的战功。村民围成一圈,都在旁边轻声念着："老妈妈,儿子回来了,儿子回来了。"触景生情,孙嘉怿哽咽着念不下去了。

说起往事,村里老人们的话匣子就打开了。他们告诉志愿服务团队的成员们,朱有光是独子,年幼丧父,是妈妈一个人把他拉扯大的。朱有光从小品质就好,特别热心,哪家有困难,他都会去帮忙,所以在村里的人缘非常好,家家户户都拿他当孩子们的榜样。可惜孩子命苦,年纪那么轻就出去打仗了,没出过村就去了朝鲜,没能回来。他是为了保卫国家、保卫我们而牺牲的啊!

村里的人还说,现在朱有光回来了,太好了!他们可以以朱有光的名义,给老母亲的墓立一块碑。

肖书记说,他想向上面打个报告,在村口立一块牌子,写上"特等功臣朱有光的故乡",再把烈士家的房子好好修一修。

这些话,让孙嘉怿心里暖暖的。实际上,从来到这里开始,整个村庄的热情温暖着她:哪怕烈士已经没有直系的亲属,所有后辈都把他当成自己的亲人,当成村子的骄傲。

什么样的土地能出英雄?那一定是崇尚英雄的土地。

28

"寻亲"是一种爱心的接力

在这片崇尚英雄的土地上,人们的爱心在传递。

有一些热心人,早在孙嘉怿之前,就已经开始自发地为烈士寻亲。后来,他们主动融入了这个队伍,成为志愿者中的一员。

因为他们都知道,"寻亲"是一种接力,是一种爱心的接力,一种责任与使命的接力,一种呼唤社会新风正气的接力。参与的人越多,志愿者分布的范围越广,工作开展就越高效,找到的概率就越高。

如果一定要"论资排辈",浙江宁波市象山县85岁的退休教师吴爱文为烈士寻亲要比孙嘉怿早得多。

他找他的哥哥吴烨,找了半个多世纪。

1937年8月下旬,吴爱文的大哥吴烨最后一次离家奔赴上海抗日前线,此后便再无消息。等到20世纪50年代初,他们才辗转得知吴烨早在1941年就牺牲在了福建。吴家人从此苦苦找寻,一直到2002年,吴爱文终于查到哥哥牺牲的确切时间和地点:1941年3月11日,牺牲在福建武夷山。

哥哥离家时,吴爱文不过几个月大,但哥哥一直印在他的心里。照片上的亲人年轻俊朗。父母一直留着他的手稿与书籍,吴爱文看过哥哥的日记:"在这生死存亡的关键之中,这两天,我的心不宁静,国运的无望,堕落的我还能干什么呢?惟听之于耳,愤之于心而已。"

那个忧国忧民的青年才俊,一腔热血奔赴战场,再也没能回到家乡。

而他的家乡宁波象山,也曾是战场,也有很多来自异乡的英魂长眠于此。

2006年,象山革命烈士纪念馆重新改造。吴爱文受县委党史办的委托,着手为163位在册烈士整理史料。但整理不久他便发现,很多烈士遗留在档案里的仅是只字片语,不是家庭住址不详,就是很多地名早已不复存在,家人也联系不上了。

吴爱文只觉得心酸。这些烈士和哥哥一样,已经牺牲了半个多世纪,他们的亲人现在可好?是否有人来祭扫看望他们?

他决定为这些革命烈士寻找亲人。于是,他开始搜集、整理这些牺牲在象山的非本地籍烈士的资料。整理好之后,他就逐个给烈士老家所在地的民政部门写信,请他们告知烈士亲人的具体地址。渐渐地,他联系上了一些烈士亲属。他还通过浙江省绍兴、金华,以及天津、江苏南京等地的民政部门和新闻媒体,先后找到了彭玉文、褚沛霖、陈龙、虞鼎丞、翟汝佐等烈士的亲人。在他们赶赴象山后,吴爱文都会陪着他们去烈士纪念馆缅怀,去陵园扫墓。

他的事迹被媒体报道后,另一个人看了深受感动。

象山民警陈裕丰,从小在五一八海战烈士陵园所在的石浦延昌长大。每年清明,延昌小学都会组织大家到陵园扫墓,敬献花圈。那时陵园是开放的,平时没事他也会跑去那里玩,印象中那里长满毛竹、荒草。有风的时候,竹叶会哗哗作响,那里是男孩子探险的乐园。

后来,陵园重新修葺,显得更加庄重。陈裕丰于2015年故地重游时,一对扫墓的夫妇引起了他的注意。别人来这里,都是送鲜花或者花圈,这对夫妇却在烧纸钱。他便上去问:"这是您家人?"

"是我爷爷的弟弟,我应该叫他大叔公吧。他叫周龙,我叫周建,我们家四代人,找他找了几十年。"

陈裕丰觉得很不可思议:"难道你们以前都不知道他在这里?"

周建指着烈士纪念碑底座部位写着"籍贯不详的烈士"那一栏,摇着头说:"不知道,我们一直以为他牺牲在舟山。"

周建向陈裕丰这位萍水相逢的陌生人,详细地讲述了之前亲人们"寻亲"的种种波折——

他的大叔公周龙出生在江苏省原泰兴县七圩公社东圩大队东头圩,是新四军老兵,参加过抗日战争、解放战争,曾留学苏联,新中国成立后成为人民海军第 1082 支队 703 小队一名干部。

周龙牺牲于五一八海战后，母亲一直想到儿子墓前来看一看。但不知道为什么，烈士证明书上记载的牺牲地是"舟山群岛"，所以周建的爷爷、父亲花了 40 多年时间寻找，始终没有找到烈士的埋葬地。

2010 年，周建夫妇接过寻找叔公埋葬地的接力棒。他们一次次地翻阅网页、走访相关地方的民政等部门，一直没什么线索。他们还找遍了舟山群岛所有的烈士陵园，还利用在北仑工作的机会调查了北仑海军烈士纪念馆的资料，仍然没有结果。

一筹莫展之际，周建突然灵光一现，既然在牺牲地寻找毫无头绪，那就换一个思路，从牺牲时间入手。

他把烈士牺牲日期 1954 年农历四月十六日换算成阳历，发现恰恰是 1954 年 5 月 18 日，五一八海战的相关信息从搜索网页中跳了出来，同时跳出来的还有一篇关于象山县委党史办负责人吕国民查找烈士埋葬地的新闻。

周建立刻打电话向吕国民求助。对方听闻后，立即去档案室查找相关资料，但那里也没有信息记录。于是，吕国民就去石浦镇的革命烈士陵园实地走访，终于在这座烈士陵园查到了周龙的名字。

这样，周建夫妇才得以完成这个家族延续了半个多世纪的"寻亲"心愿。

如此曲折的"寻亲"故事让陈裕丰唏嘘不已。他想，纪念碑上"籍贯不详的烈士"不止周龙一个，还有一些烈士，即便有籍贯信息，也是非常笼统的。比如孙义芳、常维运，只写了"山东"。这么大的一个省，到哪里去找呢？他很难想象，这块刻着几十位烈士名字的纪念碑后面，有多少像周建那样的烈士后人在苦苦寻找着亲人。

他很想帮助他们，但那个时候也不知道从何做起。

他特意去查询了五一八海战的资料。《中国人民解放军军史》第五卷里有这样的记述："同年5月中旬，华东军区派出渡海登陆作战部队，在海军舰艇和海军航空兵协助下，攻占大陈岛以东的东矶列岛。"

1954年5月18日清晨，解放军海军"瑞金"舰在配合陆军解放东矶列岛的战斗中，不幸被敌机投掷的航弹击中，但"瑞金"舰上的官兵在舰体下沉、海水齐腰时，依旧坚持战斗，为中国人民解放军海战史写下了可歌可泣的篇章。战斗结束后清点人员时发现，大队政委等56人阵亡。

纪念碑上，关于五一八海战只有寥寥数语，甚至从小生活在这里的陈裕丰，对这场发生在新中国成立后的战争都知之甚少。陈裕丰当时想，至少让更多的人知道这场战争，关注到牺牲在这里的人。于是他翻阅了很多资料，重新寻找、整理五一八海战的故事，形成文字发布。

看到孙嘉怿"我为烈士来寻亲"的公益活动后，陈裕丰第一时间联系到孙嘉怿，将他抄下的五一八海战烈士陵园里的烈士信息发了过去。通过孙嘉怿，他还认识了志愿者路客。陈裕丰惊讶地发现，这位身在广西的志愿者早在2014年就已经来过这个陵园，并详细地整理了60多位烈士的资料，并将很多烈士的出生地精确到了村庄。陈裕丰顿时肃然起敬。他对孙嘉怿说，以前只是感慨，没有后人祭扫的烈士墓多么孤单，为烈士寻亲是件多么难的事。原来，有人早已知难而上，如此不计成本、耗费心血来办这件事！陈裕丰想，这些志愿者的努力和付出，足以告慰英勇牺牲的先烈了！

那一天，陈裕丰对孙嘉怿说："有什么需要我做的，不要客气，尽管吩咐好了。"

孙嘉怿说:"那我就不客气了,陈叔叔,你在公安系统,是不是去派出所办事很方便哪?"

陈裕丰听懂了她的意思,回答说:"派出所是为大家服务的,谁去办事都方便。当然,如果找人,只要有线索,我们做民警的肯定更轻车熟路一些。"

出生在杭州的冯匡国烈士,就是陈裕丰去杭州出差时,去当地派出所打听到的。冯匡国原住杭州市下城区孝丰路,毕业于杭州高级中学,牺牲前是解放军海军第505艇副艇长,在1954年二三月间的一次海战中,被穿进驾驶舱的子弹击中头部。他高喊着"坚持战斗到流尽最后一滴血",倒在血泊中。

陈裕丰在当地派出所的资料室查到,他有个兄弟叫冯静国,已经90多岁了。他联系到冯静国,并说明原因。老人老泪纵横,喃喃地念叨着:"五宝,五宝。"

陈裕丰问了老人的儿子,才知道"五宝"是冯匡国的小名。冯匡国出生于一个教师之家,兄弟姐妹七人,他排行第五,备受宠爱且从小受到良好教育。

听到这里,陈裕丰既心酸又感慨:"每一位烈士都是家里的宝贝。"

五一八海战中,烈士籍贯在浙江省内的,陈裕丰通过各种办法,陆续找到了好几个烈属。烈士籍贯在浙江省外的,他们只能拜托当地的志愿者寻找。

比如对山东临沂籍烈士孙义芳、常维运亲属的寻找,就是一场接力。

孙嘉怿将名字转交给了山东临沂的联络员刘红东。五分钟后,刘红东的电话就回过来了:"我联系了这边的退役军人事务局,孙义芳有一个女儿,叫孙振云,马上可以联系到,但常维运,好像没有直系亲属的记录。"

孙嘉怿便把常维运的资料发给了山东另一个志愿者团队——"9120公益寻亲同盟"的发起人刘艳玲,刘艳玲将这些资料分给了分管临沂片的志愿者刘庆福。刘庆福一看烈士牺牲时的年纪是30岁,眼睛一亮:"这个年纪牺牲,大多会有后人,八成能找到直系亲属。"

等他们找到资料上写的那个村庄,却发现很难找到知道烈士名字的人。

村民告诉他,姓常的都住在村东头。他们到村东头打听时,碰到一个小伙子。小伙子说:"我在这里生活了30多年,怎么不知道村里还有烈士?"

刘庆福详细解释了半天,小伙看他不像骗子,又热情起来:"我帮你问问。如果真的有,那是我们村的骄傲啊。"他打了一圈电话,也没问出个头绪,还带他们去了村里年纪最大的一个老太太家里,还是没问出个所以然来。三个小时过去了,就在刘庆福快要放弃时,无巧不成书,突然有一个骑三轮车的老人经过。他偶然间听到常维运这个名字,便说:"我知道哪一家,我带你们去。"

老人非常确定地将他们带到了一户人家门口,但不巧家里并没有人。刘庆福便给这家人留了字条,说我们是为烈士寻亲的志愿者,如果您是烈士常维运的亲属,请一定给我打个电话。

第二天,刘庆福就接到了电话,对方说他叫赵启瑞,是常维运姐姐的孙子,按辈分该叫烈士舅爷爷。论血缘,他算不上至亲,但他对这个奶奶念了一辈子的名字非常熟悉。

相比之下,找到孙义芳的女儿孙振云要容易得多。孙嘉怿按刘红东给的电话打了过去,对方似乎一点儿也不意外:"我是孙义芳的女儿,我知道他在浙江的象山,我们也准备来看他呢。"

孙嘉怿很惊讶："你们之前已经来找过了？"

孙振云说，"我女儿前年来找过，如果不是因为一些原因，我们全家去年就要来了。到 2023 年 5 月 18 日，我爸爸牺牲 69 年了，我要来看看。"

29

大声呼喊，将烈士喊回家

孙振云的女儿陈丽丽来到象山找姥爷，是因为在网上看到了关于姥爷和五一八海战的文章。而这篇文章，就是陈裕丰写的。

在这之前，陈丽丽每年都会跟着妈妈孙振云去给姥爷扫墓，她知道这只是一个衣冠冢，姥爷的遗骸不在里面，她也知道姥爷是一名烈士，牺牲在他乡。除此之外，她对这个从来没有见过的亲人一无所知。直到 2021 年冬天，有一回和朋友吃饭，妈妈突然给她打来电话："你去网上找找'孙义芳'，有没有孙义芳的文章？"

"孙义芳？"她努力在脑海中搜索这个名字。

妈妈说："就是你姥爷。我听说你姥爷找到了，在浙江。"

于是她就去网上找，果然找出来一篇文章，说的是五一八海战，"瑞金"舰被敌机击中后，动力失灵、烟囱倾倒、通信中断，副政委孙义芳双腿被炸断，却忍痛将炮弹举上炮位，最后永远地闭上了眼睛。

就这么短短几句话，陈丽丽反反复复地看，直到泪水模糊了双眼。

她自己也觉得很奇怪，之前看过无数英雄故事，对"无数烈士的鲜血换来了今天的幸福生活"这样的话并没有特别深的感触。"但如果这个人是你的亲人，你得知他牺牲得这么壮烈，感觉完全不一样。双腿炸断，那得有多疼啊！"

两年后，陈丽丽向孙嘉怿描述当时的情形，依然止不住眼泪："现在一想到心就会痛，有时候我真的在想，我根本不想做一个烈士的外孙女。我就想要一个普普通通的姥爷，他能够每天在柴米油盐里生活着，一直到老，能够看到下一代、下下一代的幸福生活。"

孙义芳的那段牺牲经历，也让孙振云看得泪流满面。儿时的模糊回忆重新浮现在脑海。她隐约记得，自己的母亲说过，那会儿父亲正在家里休假，本来有一个月假期，是一封加急电报把他召回部队的。临别之前，孙义芳还去了妻子娘家，房子太矮，一下子碰了头，他说回部队以后就寄钱回来修房子。他走了以后，舅舅给他写信，说房子在修了，不用寄钱回来，但那封信被退回来了。当时，他们就觉得不对，再寄，又退回来。母亲还特意去浙江找过，没有找到人。从浙江回来后才知道，孙义芳牺牲的消息已经发到村里了。

陈丽丽搜集了很多关于五一八海战的资料，而且查到象山县石浦镇有一个五一八海战烈士陵园，她想去看一看。几天之后，陈丽丽找了一个经常自驾游的朋友，说："走，陪我一起去趟浙江，我要去找我的姥爷。"

他们当天晚上 8 点出发，一路上没什么车。进入浙江后，汽车穿过一个又一个隧道，深深的夜色中，到处都升起薄薄的雾气，而山的形状却如此清晰。她想，那年姥爷从老家赶到战场，应该要翻山越岭吧。800 多公里，今天是 9 个小时的车程，60 多年前，他又花了多少时间才到达呢？

他们在凌晨 5 点赶到象山，找到陵园时天还没亮，远远就看到青色的天空下那座高大的纪念碑。陈丽丽描述道:"也不知道为什么,突然心就安了。"

回来后,陈丽丽问妈妈孙振云:姥爷是个怎样的人？老太太说,爸爸走的那年她才7岁,平时部队任务重,他很少回家,但她常常反反复复地想起一个画面。有一天,她不知道为什么不高兴,爸爸为了哄她,突然从树上跳下来,手里拿着一顶柳条编的草帽,戴在她脑袋上。

"爸爸好高,唰地一下从天而降,站在我面前,感觉爸爸是个顶天立地的人。"70多岁的老人,叫爸爸的时候,还是小女孩的语气。

"你姥爷可高了,有一米八多,"陈丽丽姥姥的妹妹一边比画着,一边描述着这位姐夫。姐姐去世后,她就成了认识姐夫最久的人,"他能干,说话响亮,人也爽气。哦,他是1920年出生的,不到20岁就参加了青年民兵组织的抗日活动,后来入了党,带着二三十个人出来参加了八路军。走的时候,还代表大家在大会上发言,下面乌泱泱一大群人,他一点都不怵。他谁也不怵,就怵你姥姥,还没成亲的时候就跟在你姥姥后头。你姥姥臊,一跺脚恼了:'你咋还不回去？'他也不走,站那歪着脖子傻笑。你姥姥17岁嫁给他,1947年有了你妈,他就天天盼打完仗回来好好过日子。1948年解放济南,他应该是炮兵,回来一边叹气一边说,这一仗打得太惨了,死了好多好多人,希望城里的老百姓从此能够过上安生的日子,不然对不起死去的人。渡江战役以后,他已经是南京军区的一个营长了,但一点架子也没有。难得回来一次,一门心思操心家里,张罗着要给老丈人修房子。谁知道就这么急急忙忙去了浙江……唉,你姥爷人好,也有本事,你姥姥真是太苦了。"

"她太苦了,但她都藏在心里,从来不说。"孙振云看着女儿陈丽丽,又抹起了眼泪,"那年我生下你,姥姥抱着你笑,笑着笑着就哭了。她说闺女好,闺女不用出去打仗……"

陈丽丽回忆起姥姥时,脑海中首先浮现的画面是煤油灯下一个倔强的身影。她是个爽朗乐观的山东女人,命运的苦与痛从她身上碾压过去,从不曾把她压垮。陈丽丽小的时候家里日子过得特别苦,但每一天忙完了,姥姥都会在灯下唱歌,很多孩子围着她。那些沂蒙山小调,仿佛现在还回响在陈丽丽耳边:

> 八路军那个神兵哎从天降,
> 要把那个害人虫哎消灭光。
> 沂蒙山的人民哎得解放,
> 男女那个老少哎喜洋洋……

常维运烈士虽然没有直系亲属,但同样被人挂念了几十年。

为烈士寻亲的志愿者们见到赵启瑞时,更加领悟到,在这片生机勃勃的沃土上,崇尚英雄之火一旦被点燃,就永远不会熄灭。

常维运是赵启瑞的舅爷爷。赵启瑞是奶奶最疼爱的长孙。

赵启瑞说,只要有人提到常维运的名字,作为烈士的姐姐,奶奶每一次都会掉眼泪。常维运自幼丧母,是由这个姐姐一手带大的。十几岁的时候去当兵,一去十多年,28岁那年才第一次回家探亲。

"他长得又高又大,一米八五的个子,国字脸。回家时,穿着军大衣、戴着大盖帽,样子很神气的,我们村没有这么模样好的。"奶奶去世多年以后,赵启瑞还能模仿出老人说话时的语气。当时人人都说常维运在部队里是军官,前途无量,但当姐姐的更操心他的终身大事。

常维运拍着胸脯表示:"你放心,下次回来的时候,就是办喜事的时候。"他还和外甥女开玩笑,等你结婚的时候,缺什么告诉我,我都给你买。

但他再也没有回来。回来的只是一个写着"中国人民解放军海军"的木箱子,里面有一个茶缸、一个不锈钢叉子,这些是他的遗物,还有一枚奖章和荣立三等功的材料。这个箱子一送到家,常维运的老父亲一句话都没有说,直接瘫倒在地,后来就再也没有站起来。他的下半生,从此就在床上度过,让女儿,也就是赵启瑞的奶奶照顾了几十年。

奶奶自己也难过了一辈子。在2005年去世前,她拉着赵启瑞的手说:"我要去找弟弟了。我不知道他是怎么牺牲的,以前我总是希望搞错了,他只是被敌人抓走了,或者在海上漂到了一个不知道的地方,总想着和弟弟还有见面的那一天。现在,我要去见他了,我要问问:不是说好回来成亲的吗?怎么招呼也不打一声就走了?"

这么多年,全家都不知道常维运是如何牺牲的。直到刘庆福等为烈士寻亲的志愿者陪同他们一家人赶到象山来祭扫,遇到了志愿者陈裕丰时,才听到那段令人荡气回肠的战斗故事——

"瑞金"号被击沉前,正在前舱进行损管抢修的舰帆缆军士长常维运,和一名副军士长及一名水兵被困在舱内。海水齐胸,舱门被海水堵死,逃生的路只剩下头顶上方玻璃破碎的舷窗。两名军官不约而同地决定把逃生的机会让给年轻的水兵,他们不顾对方抗议,齐心协力把水兵从直径只有尺余的舷窗塞出去。接下来的争执发生在患难与共的战友之间,舷窗太小了,自己爬出去几乎不可能,必须有人从后面推。也就是说终得有一个人留下。

最后常维运下命令："再争下去都得死,我比你胖,不可能从这里出去,这就是命运。"说完,不由分说托起战友,用尽全力把他推出舱外,自己光荣牺牲了……

听陈裕丰讲述的时候,赵启瑞觉得自己的心都揪了起来。他想,如果奶奶知道舅爷爷牺牲得这么惨烈,一定要心痛死了。但是,她一定会理解他的选择,丢下战友自己跑,这一定不是她亲手带大的弟弟能做出来的事。

五一八海战牺牲的56名海军官兵,4名有完整遗体的烈士被单独安葬在石浦镇五一八海战烈士陵园纪念碑前,其余烈士合葬在一座大墓中。

2023年5月18日,是海战69周年的日子。孙义芳的女儿孙振云已经77岁了,腿脚不好,出门要坐轮椅;赵启瑞不是常维运的直系亲属,参加祭扫的路费不能报销。

孙嘉怿再三和他们确认,两位烈士的遗体不在陵园,"不来也没有关系,我会代为祭扫,然后拍视频给你们"。

但他们都要来,而且要全家一起来。他们都说:"哪怕见不到亲人,也要看看亲人牺牲的地方。"

5月17日晚,两位烈士的12位家属,坐着各种交通工具从祖国各地出发,齐聚宁波。

两家其实离得不算远,但之前素不相识,这是第一回坐在一起聚餐。大家把杯子举起来,似有千言万语,却不知从何说起。

"我先替我母亲敬几位志愿者一杯吧!"陈丽丽有着山东女人的爽朗,"前年我从象山回来,我妈就盘算着要自己来看看,只是一直耽搁着。今年说什么也要来了,这是她有生之年最大的愿望,这几天她都激动得没睡好。这次我们也是开车来的,开了9个小时车,老太太说路途不远,比起这么多年的朝思暮想,一点都不远……所以我特别感谢'我为烈士来寻亲'的志愿者,是他们的努力,让我们得偿所愿,让我觉得作为烈士亲属,特别骄傲。"

赵启瑞也感慨万千:"我们也是开了9个小时车,还有孩子是坐飞机从深圳过来的,能圆奶奶的心愿,心里太高兴了。我要把舅爷爷坟上的土带回去,还要给奶奶上坟,给她父亲,也就是我的太爷爷上坟。我要告诉他们,舅爷爷找着了!我……真的是太高兴了……"

石浦靠海,走几步路,就可以看见大海。白云悠悠,海浪涌动,远远的,几只海鸥在飞翔。

第二天到了祭扫现场,一路沉默着的孙振云说了第一句话:"爸,你闺女来看你了……"她是喊出来的,仿佛用尽了全部的力量,此后便泣不成声。她喊出了所有人的眼泪,现场一片抽泣声。

在象山县石浦镇退役军人服务站工作人员的陪同下,孙嘉怿主持仪式,在场人员先默哀,然后向英雄纪念碑三鞠躬。陈丽丽特意给姥爷带来了酒,说是山东汉子最爱的。之后,孙嘉怿还特意带着大家来到石浦东门岛海域,这是距离烈士牺牲地最近的地方。这些英烈没有遗体,他们的遗体就在这茫茫的大海之中。

"爸爸,回家喽,跟着女儿回家喽!"孙振云坐在轮椅上喊。

海天之间,白发苍苍,泪水飞扬,她的呼唤在呼呼的海风声里变得断断续续。孙嘉怿蹲下身,靠在她身边:"奶奶,今天之后,您爸爸就回家了……"

"回家了,回家了!"家属们向着大海大声呼喊,要将他们的亲人,要将那些为国牺牲的烈士喊回家。这些撕心裂肺的呼喊声,让在场的人无不动容。

海风,把这一声声带着血丝的呼唤,吹送到了很远的地方。

这次祭扫,志愿服务团队的陈裕丰全程陪同,吴爱文因为身体原因没有到场。此前,老人将自己整理的名单交给孙嘉怿,说:"我老了,力不从心了,剩下的事只能交给你们。"

那些资料上的文字早已转成数字文档,但那一摞摞手写的名单,一直留在孙嘉怿办公室的抽屉里。

每次遇到烦心事,或是累得喘不过气来,孙嘉怿就把这摞纸拿出来看看,提醒自己要将为烈士寻亲这件事继续下去。

有时候,她觉得,英雄是最闪亮的坐标,他们这些志愿者,就是一群追光的人。

他们永远在路上,传递着温暖,也传递着星火般的光亮。

第五章

万年歌·一个团队与一个时代

越来越多的人关注着"为烈士寻亲",也有越来越多的志愿者加入"寻亲"的队伍。

"为烈士寻亲"为什么能引起社会的高度关注？为什么一个又一个志愿者无怨无悔地加入其中？进入新时代,为什么"崇尚英雄,捍卫英雄,学习英雄,关爱英雄"能够蔚然成风？

中华民族是一个历经磨难的民族,五千年的悠久历史是一部在挫折中不屈不挠、开拓进取的奋斗史。正是基于这种特殊的经历,中华民族形成了崇尚英雄的文化基因。

中华民族历史上,一直不乏可歌可泣的为了国家利益而英勇牺牲的勇士。从古代的屈原、岳飞、文天祥到近现代的谭嗣同、夏明翰、黄继光,这些英雄人物的身上都闪耀着"我以我血荐轩辕"的牺牲小我、成全大家的无私奉献和伟大情怀。因此,英雄精神成为支撑中华民族繁衍生息的伟大精神力量。

正是这种精神,鼓舞着一代代民族志士,不惜流血牺牲,摆脱了西方列强的侵略和瓜分,摆脱了半殖民地半封建的命运,建立了人民当家作主的新中国。

正是这种精神,激励着中国人民在中国共产党的领导下,改变了一穷二白的落后面貌,逐步走向了繁荣和富强,取得了社会主义现代化建设的一个又一个新胜利。

英雄精神在中国有着深厚的历史积淀,进入新时代以后,更需要我们用好这一纽带,把普天之下的中华儿女团结起来、凝聚起来、激励起来,共同为实现中华民族伟大复兴而努力奋斗。

"我为烈士来寻亲"志愿服务团队,正是在这样的时代背景下产生的,也必将在这样的时代焕发出独特的光彩。

30

我们听到了这个时代崇尚英雄、缅怀先烈的最强音

孙嘉怿永远不会忘记,2021年7月1日上午,庆祝中国共产党成立100周年大会在北京天安门广场隆重举行时的场景。

看吧,首都北京花团锦簇,旌旗飘扬。

看吧,新时代的壮丽征程上,14亿多中国人民意气风发地走来了!

天安门城楼,庄严雄伟;人民英雄纪念碑,巍然矗立;天安门广场两侧,100面红旗迎风招展。

听吧,《唱支山歌给党听》《没有共产党就没有新中国》……首都人民高唱昂扬奋进的歌曲,抒发对党的热爱。

听吧,71架战机飞越天安门广场时发出的轰鸣,向党致敬,向祖国致敬,向人民致敬。

在大会的讲话中,习近平总书记专门谈到:深切怀念为建立、捍卫、建设新中国英勇牺牲的革命先烈,深切怀念为改革开放和社会主义现代化建设英勇献身的革命烈士,深切怀念近代以来为民族独立和人民解放顽强奋斗的所有仁人志士。他们为祖国和民族建立的丰功伟绩永载史册!他们的崇高精神永远铭记在人民心中!

"第一批派民航包机迎接英雄回家,两架战机护航,我深受感染和触动。到后来,我国首次派出空军运-20运输机运送志愿军烈士遗骸回国,以民航界最高礼仪的水门迎接。党的十八大以来,我亲眼看到了祖国和人民向英雄致敬的鲜明态度。"如今,已是宁波市海曙区志愿者协会副秘书长的孙嘉怿说。

"我为烈士来寻亲"志愿服务团队的故事,也引起了越来越多人的关注。

在帮助烈士寻亲的过程中,孙嘉怿和团队成员也在不断拓展为烈属服务的内容。如今,志愿服务团队里除了寻亲联络组、资料整理组、史料及翻译组、墓地拍摄组、信息审核组,还有烈士遗物修复组和寻亲成功代祭扫组。

"我们赶上了一个好时代。"孙嘉怿说。

2018年,国家成立了退役军人事务部,让志愿服务团队感觉到坚实的依靠。让团队成员们感到高兴的是,"推进烈士陵园档案信息化建设"的议案得到了国家有关部门重点关注,国家的"烈士寻亲政府公共服务平台"也已上线。

一个小小的团队,背后是一个大大的家国。

孙嘉怿说:"这些年来,每当遇到困难,我们的耳边总会回荡着一些声音。从这些坚定有力的声音里,我们听到了这个时代崇尚英雄、缅怀先烈的最强音。"

2015年9月2日,习近平在颁发"中国人民抗日战争胜利70周年"纪念章仪式上强调:"天地英雄气,千秋尚凛然。"一个有希望的民族不能没有英雄,一个有前途的国家不能没有先锋。包括抗战英雄在内的一切民族英雄,都是中华民族的脊梁,他们的事迹和精神都是激励我们前行的强大力量。

在这次重要讲话中,习近平还强调指出:今天,中国正在发生日新月异的变化,我们比历史上任何时期都更加接近实现中华民族伟大复兴的目标。实现我们的目标,需要英雄,需要英雄精神。我们要铭记一切为中华民族和中国人民作出贡献的英雄们,崇尚英雄,捍卫英雄,学习英雄,关爱英雄,勠力同心为实现"两个一百年"奋斗目标、实现中华民族伟大复兴的中国梦而努力奋斗!

2016年11月30日,习近平在中国文联十大、中国作协九大开幕式上的讲话中指出:祖国是人民最坚实的依靠,英雄是民族最闪亮的坐标。歌唱祖国、礼赞英雄从来都是文艺创作的永恒主题,也是最动人的篇章。我们要高扬爱国主义主旋律,用生动的文学语言和光彩夺目的艺术形象,装点祖国的秀美河山,描绘中华民族的卓越风华,激发每一个中国人的民族自豪感和国家荣誉感。

2019年9月29日,习近平在国家勋章和国家荣誉称号颁授仪式上的讲话中指出:崇尚英雄才会产生英雄,争做英雄才能英雄辈出。

……

这些掷地有声的话语,回荡在祖国的大地上,也激励着"我为烈士来寻亲"志愿服务团队在新时代创造更大的光荣。

孙嘉怿说，目前，为烈士寻亲已从最开始自发的志愿者服务，演变为各级党委、政府和全社会大力支持的一项工作。党的十八大之前有一段时间，历史虚无主义等错误思潮不时出现，网络舆论乱象丛生，严重影响着社会舆论环境。但是，国家近年来做了大量扎扎实实的工作，全社会尊崇捍卫英烈的鲜明价值导向更加深入人心。比如，设立烈士纪念日，制定英雄烈士保护法，宣传和弘扬英雄烈士事迹和精神，做好烈士遗属抚恤优待工作，等等。保障的相关法律和实施的相关制度机制也更加健全完善。

孙嘉怿回忆起，最早让她感到温暖的是宁波市海曙区团委。在"我为烈士来寻亲"志愿服务活动开始后的很长一段时间，大量志愿活动往往会影响她的本职工作——生活的压力摆在面前，她又不可能辞掉工作去专职做公益，常常处于理想与现实无法兼顾的两难中。

之后，孙嘉怿接受了海曙区团委的邀请，她很感激：这里工作时间相对比较灵活，可以沉下心来为烈士寻亲，可以把更多的精力放在公益事业上。

2018年，退役军人事务部成立后，各级退役军人事务局在为烈士寻亲中发挥了重要作用，为孙嘉怿志愿服务团队提供了"大量的、具体的、给力的支持"。特别是相关法规出台后，为烈士寻亲也成为退役军人事务部门的重要工作之一。所以，志愿服务团队整理出烈士信息资料后，会第一时间交给烈士户籍所在地的退役军人事务局请其帮忙联系亲属。退役军人事务局获得相关信息后，也会请志愿服务团队一起帮助寻找。"在退役军人事务部门，有一些工作人员本身就是退役军人，对烈士有不一样的感情。除了公对公的联系，他们也是志愿服务团队中的一员，经常会帮助外地的烈士家属祭扫。"孙嘉怿说。

这是让孙嘉怿十分难忘的一件事。

2023年12月19日，四川省美姑县烈士陵园在网络上发布了一则为烈士昌丰泗寻找亲人的信息。江西的志愿者程雪清看到后,立即联系了四川省美姑县退役军人事务局,以及烈士户籍所在地福建漳州市芗城区退役军人事务局,两地联合,根据《烈士英名录》等资料综合整理出烈士信息:

> 昌丰泗,1936年出生,籍贯漳州市。1951年8月参加革命,生前系0578部队196小队下士卫生员。1957年1月9日,在四川省美姑县瓦古乡耍龙四浦平叛战斗中牺牲,现骨灰安葬在美姑县烈士陵园。烈士存根记载,昌丰泗母亲姓名为曾恋,住址为芗城区东铺头街道北桥社区(南昌路邮电巷4号)。

12月20日,漳州市退役军人事务局官微发布了一则寻亲信息:"呼喊!埋骨他乡的漳州籍昌丰泗烈士亲人,您在哪里?"随即,《闽南日报》微信公众号也发布了相关信息。

一时间,不少漳州市民的微信朋友圈都在接力转发,为烈士寻亲。功夫不负有心人,推文发布仅仅两个小时,就有了烈士亲属的相关消息。根据市民提供的线索,《闽南日报》的记者很快就联系上了烈士的大哥昌伯容的儿子——昌煜。

在孙嘉怿看来,这样的效率,离不开志愿服务团队和广大市民的热心,更离不开国家有关部门的支持。只有当尊崇捍卫英烈成为全社会的共识,成为国家政策的导向时,才会有这样的奇迹产生。

31

父女两代人的"烈士词典"

是的,志愿服务团队在新时代要创造更大的光荣!

当然,这需要爱心,也需要耐心,更需要能力。

志愿者李娜,是孙嘉怿遇到问题时会第一时间想到的人。李娜做事特别细致热心,这些年来,她和她的父亲整理了非常详细的烈士资料,就像一个信息宝库。

李娜祖籍江苏丰县,出生在江西高安,之前在深圳做外贸。她的爷爷李化文和二爷爷李化胜都是抗战老兵,很年轻就参加了革命。

李娜说:只是爷爷去世得很早,他的革命往事只有父亲小时候零星听到过。说是爷爷14岁就是八路军的交通员了,打过日本人,参加过解放战争,在大西南剿过匪。爷爷说过,在大西南打过一仗,特别惨烈,他们整个连队牺牲了20多个人。"20多个战友,有一个人刚刚说了个媳妇,到处给我们看媳妇的照片。说有一天万一回不去,要带个话,让媳妇别等他。可是后来我没能找到他的家。"父亲依稀记得,爷爷当时专门提过这么一件事,一件让他深感遗憾的事。

后来,李娜和父亲曾前往江西高安市档案馆,查找爷爷的档案。可是,他们只查到爷爷转业到地方后的一页花名册,没有找到他参军入伍时的档案。仅凭李娜父亲模糊的回忆,以及家里保存下来的爷爷的证件、纪念章和照片，无法还原爷爷的战斗足迹，也无法得知爷爷曾说过的那场牺牲了 20 多位战友的战斗。李娜父女只知道，剿完匪以后，爷爷被分配到福建泉州，转业后到了江西高安，在那里安家立业，李娜也在江西出生。

当然，这都是很久以前的事了。认认真真地去追溯爷爷的革命往事，是李娜工作以后的事，这和二爷爷有很大的关系。

二爷爷李化胜，是爷爷的亲弟弟。李娜第一次见到他是在爷爷去世前生病住院期间。那时她还在读小学，只记得，一个长得和爷爷很像的老人走了过来，对着病床上的爷爷叫了声"大哥"。

李娜看着这张和爷爷相似的面孔，呆了。

二爷爷摸了摸她的头："你爷爷很了不起，打过很多仗。"

让李娜永远忘不了的是，她和二爷爷一起参观淮海战役纪念馆时的一幕。纪念馆里有一面写着淮海战役牺牲者名字的墙，二爷爷边走边看，突然在一个名字前停下脚步，愣了许久，眼睛红了，并轻声抽泣起来。

他的手抚着一个名字：曹永福。

二爷爷说，这是他当年拼命从战场上救回来的人，没想到还是牺牲了。

二爷爷李化胜也很早就参加了革命，在解放战争中参加过鲁西南战役、济南战役、淮海战役、渡江战役和西南剿匪。淮海战役时，他是冀鲁豫军区独立第 3 旅第 9 团通信排通信 4 班班长，带过一个名叫曹永福的小老乡。曹永福是通信员，徐州沛县人，特别灵活，总喜欢跟在他屁股后头，像个小鬼头一样跑来跑去。大概他小的时候经常过吃不饱饭的苦日子，有一点点吃的就乐得不行。

那一次战斗中，李化胜要通信员通知 3 营教导员来团指挥所开会，但曹永福不见了。李化胜知道肯定出事了，冒着炮火出去找，最后在战壕里头找到了曹永福。他倒在一个泥沟里,泥水和血水混在一起。李化胜将他背下来,一直背到团指挥所,然后往后方医院转移。

二爷爷告诉李娜,这是自己最后一次见到曹永福。"他伏在我背上,奄奄一息,但我记得他伤的不是非常要害的部位,他有机会活下来的。"

李娜仔细地听着,很受触动:"二爷爷,我帮你打听打听。"

后来,李娜给淮海战役纪念馆的魏老师写了一封邮件,想要查询曹永福的信息。很快,魏老师回信,馆里三万多名烈士中只有一名叫曹永福,牺牲时27岁,山东沂水县左家庄人,是个担架队员。这与二爷爷打外围救下的战士曹永福应该不是同一人,也就是说,当时曹永福被二爷爷背到团指挥所,后来被送往后方医院,之后有可能牺牲了,也有可能活下来了。他到底去了哪里,如今已不得而知了。

李娜立即把这个消息告诉了二爷爷,她不知道对牵挂了曹永福几十年的二爷爷来说,这算不算一个好消息。她理解一个老人对出生入死的战友的无限牵挂,打算继续帮二爷爷寻找曹永福,同时,也竭尽全力为更多的人寻找老战友。

在寻找曹永福时,李娜开始在网络上寻找线索,通过一些QQ群与老兵后代和志愿者交流互动。一开始,这种互动是临时性的,她对于结果也并不抱太多希望。后来,随着全社会对烈士越来越关注和尊崇,以及微博、微信的普及,互相联系的人越来越多,获得信息的渠道也越来越多。

从2014年起,李娜开始有意识地收集、整理网友们发出的"寻找老兵战友""寻找烈士安葬地""为烈士寻亲"的相关信息。而她的父亲觉得,光有干巴巴的信息还不够,必须搜集各种战争的报道、回忆录,一篇篇下载下来,凡是提到具体人名、地名、部队番号的,都加粗标注出来。她父亲说："一个烈士做了什么事,参加了哪些战役,怎么牺牲的,当然是越详细越好啊。"

"这些文章这么分散,要和被寻找的烈士对接上,简直就是大海捞针啊。"李娜认为应该先从最基础的做起,父亲的这些努力"投入产出比"太低。但父亲觉得,干什么事都需要付出努力,烈士的具体事迹和烈士信息同样重要,只要整理得足够多,就会成体系。有了体系,查找起来就方便了。老人说,时间长了,研究久了,自然就成了能手,这样就可以做一本厚厚的"烈士词典",谁都可以查。

李娜笑他:"那是愚公移山,几代人都做不完。"

父亲认真地说:"做得完做不完,总得有人来做。不管以后如何,我们先做起来。我们找你爷爷的资料找得那么辛苦。同样,很多人年纪轻轻地就牺牲了,什么都没有给家人留下。我们来帮他找,哪怕只是别人嘴里留下一句话,别人文章里提到他一句,我给他记下来,也算他来过这世上一遭了。"

李娜看到了父亲电脑里已经完成的"功课":

已经整理了上万篇相关的公开文章,按照部队分类建了数十个文件,每一篇都作了关键词标注。

她还看到了父亲整理资料时的样子:戴不惯眼镜,眯着眼,弓着背,脸几乎凑到屏幕上,用一根食指吃力地敲着键盘。

那个姿势有点可笑,但李娜笑不出来,她对父亲说:"一本词典哪够啊,要做就做一个数据库。我来帮你吧。"

她把那些聊天记录和网上查到的资料收集起来,将全国各地志愿者在网上公开的部分信息用表格进行收集汇总:姓名、出生年月、籍贯、何时参军、部队番号、曾任何职、经历过的战斗、曾经的战友……然后发布到网上,发动大家根据这些关键信息进一步完善补充,再根据部队番号,把这些能够收集到的信息重新整理归位。

李娜明显地感觉到,进入新时代,全社会对烈士的关注度越来越高,可以搜集到相关信息的平台越来越多。越来越多的志愿者开始做同样的事,他们共享信息,互通有无,不断查漏补缺,资料网变得越来越庞大,越来越细密。

李娜说,一个能诞生英雄并且能尊重英雄的社会,是充满希望的。

随着资料整理得越来越多,李娜觉得个人的努力只是沧海一粟,志愿服务团队需要更多人不断地核对、补充、纠错,并提供线索。

如果全社会都像他们一样,研究烈士的事迹,关爱烈士的亲人,该有多好啊!

2017年起,李娜开始在网上开设个人电子图书馆,发布抗日战争、解放战争和抗美援朝战争相关烈士的资料信息,后来又创建了一个微信公众号。像父亲一样,她发布的所有文章中的部队番号、人名都会加粗处理,让读者一眼就可以看到。

当然,父亲也不甘落后。那时李娜工作忙,常常晚上十点才开始在个人电子图书馆编辑发布,不管多晚,她都能看到远在江西的父亲同时在线上操作。老人几乎将所有的精力都投入到这项事业中,李娜劝他早点睡,他总说:"能多做一点是一点。"

时间长了,渐渐有了些名气,越来越多的人给她留言,加她私信,提供更多的信息,也讨论一些细节:两位名字相近的烈士有没有可能是同一个人?烈士的原籍和牺牲地有没有可能因口音的缘故有出入?

很多人吃不准的时候,最先想到的就是问一问志愿者李娜。

"为烈士寻亲的志愿者",李娜觉得,这个称呼最光荣。

32
将为烈士整理资料作为毕生的事业

2016年"七一",央视播出的《等着我》节目,让全国观众认识了一位来自四川中江的老英雄唐章洪。他是朝鲜战场上的特等功臣,上节目寻找他的指导员高晋文。

李娜看了那期节目,耄耋之年的唐章洪回忆起15岁那年,第一次见到指导员高晋文的场景,一切仿佛还历历在目。那天指导员拍拍他的肩膀说,我要向你学习,小小年纪就敢参军,来到朝鲜,参加抗美援朝,说明你具有高度的爱国心。高晋文还拿出一本《中国共产主义青年团章程》,让唐章洪好好学习,争取早日入团。

在高晋文的指导下,在炮兵连当兵的唐章洪,在短短半年时间内,就从一个"新兵蛋子"转而成为让炮筒中的炮弹"长了眼睛"的神炮手。上甘岭战役中,他创造了一人一炮歼敌420余人的传奇,成为军中大名鼎鼎的英雄。

战争夺去了无数年轻战士的生命,他们的鲜血渗入土壤,绽放出最绚丽的花朵。唐章洪与黄继光是老乡,两人还是新兵的时候,经常在一起训练。上甘岭战役中,两人还相互打了招呼,没想到不久后黄继光就壮烈牺牲了。

上甘岭战役中,时任志愿军第15军第45师第135团八二迫击炮连指导员的高晋文身负重伤,生命垂危,后经抢救脱险,但他体内至今无法取出的十几块弹片,成了那段烽火岁月的见证。

唐章洪强忍着心中的悲痛,继续战斗。当时怎么也没有想到,匆匆一别之后他和高晋文便断了音信,再见面竟是60多年以后。

节目中的一幕让人唏嘘感慨,92岁高龄的高晋文,望着81岁的唐章洪,许久没有吭声。时间仿佛凝固了。终于他回过神来,满含热泪,大声喊道:"这是我的'宝贝疙瘩'啊!"

久别重逢,两位老人紧紧相拥。高晋文无限感慨:这是60多年来他第一次和战友重逢。

电视机前的李娜看得热泪盈眶。

她的朋友圈里,另一个人也泪流满面。

那是志愿军第15军第45师第135团炮兵营参谋长侯登林的儿子侯宝玉。

侯宝玉不止一次听父亲说起上甘岭的惨烈。那一片硝烟火海,如此刻骨铭心:父亲侯登林所在的第45师第135团担任防守的两个营,依托被炮火摧毁的工事和弹坑,用冲锋枪、手榴弹、手雷等轻武器与密集冲击的敌军步兵展开激战。

侯宝玉也知道唐章洪,他是父亲心目中最优秀的"神炮手",不但勇敢,还特别会随机应变。当炮筒被打得烫手,他灵机一动,往炮衣上撒尿,用打湿的炮衣卷着冒烟的炮筒进行射击。

从战场上回来后,侯登林最大的愿望就是有生之年能再见一见曾经一起战斗的老战友。谁承想1986年他突发疾病去世,享年69岁。为了弥补父亲的遗憾,儿子侯宝玉多方打听父亲战友的情况,并在这个过程中认识了李娜。

"高伯伯和唐伯伯都想知道,还能不能找到更多的战友。这肯定也是我爸爸想知道的。"侯宝玉和高晋文、唐章洪联系上后,托李娜寻找更多的参加过上甘岭战役的志愿军战士。

几经辗转,李娜为他们查到了张计发老连长在信阳干休所的联系方式。

张计发是电影《上甘岭》中连长张忠发的原型,也是率连队坚守阵地多次打退敌人进攻的英雄。电影《上甘岭》中催泪的一幕:在缺水严重时,全连战士推让一个苹果,那苹果转了一圈,谁都不舍得咬一口。这是发生在他们连队的真实故事。战后,该连荣立集体一等功,张计发也荣立个人一等功。

张计发和高晋文一起经历过生死,部队在太行山集结时就开始并肩作战,一起打过黄河,打过长江,挺进西南清除匪患,又一起雄纠纠气昂昂跨过鸭绿江。在那场残酷的上甘岭战役中,张计发所在的 7 连驻守 1 号坑道,经常与唐章洪、高晋文所在的迫击炮连协同作战,因此他们也结下了深厚的战友情谊。

侯宝玉在驻马店,离信阳很近,和张计发联系后立刻给李娜发来信息:"我刚才和张计发老连长本人通了电话,他今年 90 岁,身体挺好的,我给他念我父亲档案里的战友名字时,他表示有认识的。"侯宝玉还把消息告诉了老英雄高晋文和唐章洪。

2017 年 6 月 16 日,三位老战友在信阳见面。

高晋文和唐章洪到达信阳军分区干休所,两位耄耋老人对这场时隔 65 年的会面显得迫不及待,敲开那扇门的时候,手微微在发抖。开门的是位老太太,介绍自己是张计发的老伴。她说,听说战友要来,张计发坚持要自己拄着拐杖下楼迎接老战友。

这么多年不见面,在外边彼此怎么认得出哟!

两个老人在家里等着。张计发一回到家,三位老友拥抱在一起,长相拥而无语凝噎,只有热泪尽情地挥洒。

他们颤巍巍地互敬军礼。想当年英姿勃发,再相见已是皓首苍颜。

战场一别,重逢之路,他们竟然走了65年。

这一次重逢是李娜在报纸上看到的,隔着遥远的距离,她的心也久久不能平静。

整理了那么多烈士的信息后,她能够明显感觉到自己的变化。以前在深圳做外贸,满脑子都是"利润""效益",她也不知道从什么时候起,自己像父亲一样,将为烈士整理资料作为毕生的事业,为此投入的时间和精力越来越多。

疫情三年,业务受到很大影响,焦虑的时候她就把自己关在房间里整理资料,将那些琐碎的信息一点点填入表格,心会渐渐安静下来——那么多先烈失去年轻的生命,失去挚爱的人,失去未来的无限可能,只留下了这么短短的一行字——自己的人生还有什么可计较的?

疫情稳定下来之后,业务也是有一搭没一搭的,李娜索性辞职回到江西,陪着父亲种地、养鸡,一起完成共同的事业。

她觉得这是她心里最踏实也最充实的一段时光。人生未必要紧赶着往前走,适当停一停,将精力花在不一定马上可以看到效益但有意义的事情上,生命才会更完整。

她觉得这是一种修炼,也是一种成长。

33
要一代代一直找下去，直到让他叶落归根

当英雄、烈士、劳模被全社会推崇，成为最闪亮的"明星"，人民有信仰，国家才会有力量，社会才会有凝聚力。

也只有在这样的时代，一个尊崇英雄、为烈士寻亲的团队才能够具有辐射力、影响力，真正发挥示范传导作用。

在福建省南平市武夷山洋庄乡小浆村的张山头，有一片给人带来巨大震撼的红军墓群。

三块青砖，一个编号，一根红飘带，标记着这里埋着一位红军烈士的忠骨。

这里，曾是红军一所医院所在地。

不要说太简陋，这是当时条件下，当地的人民所能够给予英雄的"最高礼遇"。

没有姓名，没有部队番号，没有铭文。1343座先烈的墓，在青山翠竹间站成了一方永恒的军阵。

2018年，潘迪渊第一次找到这个离家200多公里的地方。那天，天空下着细雨，千余亩竹林在雨中发出幽幽瑟瑟的声响。

看着满山密密麻麻的红飘带在翠竹间飘动,他的心里五味杂陈:寻找爷爷的路,两代人走了几十年,现在终于要走到了。

爷爷应该就在这里,但具体在哪里呢?

潘迪渊出生在江西省上饶市余干县。童年的时候,小县城四面环水,要出去只能坐船。父亲潘嘉馥在小镇卫生院当中医,在潘迪渊的印象中,父亲每年总要抽出一段时间出门,神秘地消失几天,然后风尘仆仆地回来。以前,他不知道父亲去干什么,直到读小学三年级时,一次老师通知开家长会,父亲没来得及赶回来。好不容易等到父亲,潘迪渊便缠着问父亲:你到底去哪里了?

父亲潘嘉馥说:"找你爷爷去了。"

正是那时候,潘迪渊第一次听到了爷爷的故事。

爷爷大名叫潘锺彝,名骐,号展千,是江西余干洪家嘴乡金家滩潘家村人,出生于1896年。家里世代行医,家人希望他也能当一个医生,但他瞒着家里于1925年考入国民革命军第五军随营学校。之后,他在1926年回过一次家,从此便和家人失去联络,几十年间杳无音信。

潘嘉馥:"你长大了,我也该告诉你了。我答应过你奶奶,把你爷爷找回来。"

潘迪渊:"那如果一直找不到呢?"

潘嘉馥:"那将来你接着去找。"

潘迪渊:"为什么一定要找到?"

潘嘉馥:"叶落,总要归根的。"

潘迪渊:"那爷爷到底在哪儿呢?"

潘嘉馥唯一的线索,是革命先烈方志敏在狱中的遗作《我从事革命斗争的略述》一文中,有这样的话:"团长潘骥同志(他是余干人,是白军中哗变过来的,他训练队伍很好,作战也勇敢)就在攻土屋时,被敌弹打破了全个嘴巴,抬回来待了三天就牺牲了。"

文中的"潘骥""余干人"令潘嘉馥悲喜交集。他当时就有一种强烈的预感,这个叫潘骥的余干人,应该就是自己的父亲潘骐,已经牺牲了70余年。

或许,冥冥之中还有一种力量在指引。

潘嘉馥后来成了余干县政协委员。一次政协会议召开期间,他偶然在《余干县志》中发现了关于父亲生平的完整记载:

> 潘骥,又名潘骐、潘锺彝。1925年参加国民革命军,历任排长、连长等职。1928年任鄱阳县警卫团连长。1930年5月在地下党员、老乡李佩的帮助下决定率部起义,结果因叛徒出卖被捕,被关押在乐平监狱。6月,方志敏率红十军攻克乐平,救出潘骥。潘骥参加赣东北红军,任红十军八四团团长。1931年6月,潘骥被派往闽北,担任闽北红军独立团团长,在梭坨杨村的一次战斗中负伤牺牲,时年35岁。

牺牲地"梭坨杨村",成为寻找潘骥的线索。潘嘉馥记住了这个地名,先后去了江西境内的乐平、玉山县,福建的建阳和武夷山等地寻找,始终无果。

2000年前后,潘迪渊学会了上网。那时,网络在人们的生活中远不及现在这样重要。但互联网已经为人们打开了视野,也带来了便利。他认为,像父亲一样大海捞针般亲身去查找,效率太低,所以他开始利用网络来向全社会求助。他在QQ上遍地撒网,尽可能地添加全国各地的好友,向他们打听梭坨杨村。

但一晃八年过去,他们还是没有找到梭坨杨村的具体位置。

2008年,82岁的潘嘉馥走到了生命尽头。临终前,他再三嘱咐儿子潘迪渊:"一定要找到你爷爷,带爷爷回家,让爷爷叶落归根。"

潘迪渊记住了父亲临终前的嘱托。

日子在漫长的寻找中飞逝,一晃又是10年。

2018年,潘迪渊偶然结识了一位来自北京的QQ好友,那个人建议:"一条道走到黑不是办法,人生也不止这一件事。换个思路,多参加户外运动,认识一些'驴友',他们全国各地玩,说不定可以帮你打听到有价值的信息。"

潘迪渊觉得这话有道理,便开始玩起了户外运动。每进一个户外活动群,他总要先打听群里有没有武夷山的"驴友"。后来他联系到了武夷山蓝天救援队金队长,问他知不知道梭坨杨村在哪里。金队长回答说,不知道。

金队长又说,奇怪了,这几年总有人在打听这个地方,都是帮江西那边打听的。

听了这番话,潘迪渊很感动。他知道,他们都是自己这些年寻找爷爷时认识的好心人。

没过多长时间,金队长联系潘迪渊:"我在一个朋友的微信文章里看到了你爷爷的名字潘骥!"

金队长的那个朋友,是"武夷山野狼户外运动俱乐部"QQ群的群主周老师。

2016年7月2日,为缅怀革命先烈,俱乐部组织了一场名为"重走红军路"的活动。在向导杨朝福的带领下,他们来到了武夷山洋庄乡张山头。

这是一个海拔810米的小山村,有26户人家,户籍在册126人,其实常住人口只有十多个老人。漫山遍野的红军墓群默默守护着这里。

向导杨朝福就是本地人,队员们在杨朝福家里歇脚,听村里的老人们讲述了许多发生在张山头的红色故事——

第二次国内革命战争时期,崇安县在闽北率先建立苏维埃政府,先后划归闽浙赣苏区和中央苏区,是闽北革命的策源地和闽北苏区的首府。

闽北红军独立团战斗过的沙渠洋,就在张山头附近。

深山里的张山头地势险要,易守难攻,常年土匪横行,祸害一方。方志敏率领红十军攻打闽北时,消灭了土匪,在这里建立了红色根据地。于是越来越多的热血男儿加入了这支让老百姓安心的队伍,家属也成为红军强大的"后援团"。

老人们讲得最多的,就是曾经设立在张山头的红军中医院。

福建、江西两省交界处的张山头村,是闽北苏区红色首府大安和福建省委所在地坑口的中心点,山高林密,适合红军休整和活动。1928年上梅暴动后,红军便在这里设立了医院,1931年改建为闽北红军中医院。

1931年4月到5月间,红十军攻打崇安长涧源和赤石等地,将红军伤病员安置在张山头医院治疗,方志敏曾亲自探望伤病员。方志敏的妻子缪敏在《红十军第一次进军闽北散记》一文中,曾这样描述闽北红军中医院:"当时我军的红色医院就设在崇安的张山头,这是一座高山,周围是密密的树林,只有几十户人家,风景幽美,十分安静……"

村子里很多老人的父辈祖辈当年都抬过红军伤员,为伤员洗过衣服。他们的房子,当年被红军医院征用,成为住院部。

"勇敢的红军们,勇敢的红军们,你是我的哥,我是你的妹,送来干菜,送来香茶……"杨朝福至今还能哼唱奶奶吴荣珠教他的红军歌曲。他的奶奶曾当过红军医院洗衣班班长。据奶奶回忆，医院里人数最多时，包括伤病员在内有1000多人。战争激烈，担架队每天都会抬来很多伤病员，她们眼睁睁地看着，很多战士早上还活着，到晚上就没了。她们常常边洗衣服边哭……

当地村民保存着两张特殊的"名单"，上面记录着当年为红军医院伤病员洗衣服的妇女。不过，名单上只标注着某某的奶奶，某某的外婆……

1931年2月，为保卫党政机关所在地坑口的安全，闽北红军独立团在沙渠洋（距离张山头三里路）与福建省防军钱玉光旅作战。在战争快结束的时候，红军独立团第一任团长谢春钱被一颗炮弹击中，不幸牺牲。

三个多月后，继任的独立团团长潘骥又在保卫张山头的沙渠洋战斗中，被一颗流弹从左脸打穿到右脸，顿时鲜血如注。他被送到张山头红军医院治疗三天后牺牲，就地掩埋。

杨朝福所说的沙渠洋，正是潘迪渊爷爷牺牲前战斗的地点！

跨越几十年的寻找，竟在不经意间有了结果。

那一天，潘迪渊抱着父亲的遗像，痛哭了一场。

"沙渠洋"和潘迪渊父子苦苦寻找的"梭坨杨"，其实就是同一个地方，是张山头附近的一个村落。只是，因为不同方言叫法上的出入，很少有人会把它们联系起来。

所以，潘家父子这么多年的寻找都没有头绪。

2018年12月26日，潘迪渊在武夷山蓝天救援队的15名队友以及"武夷山野狼户外运动俱乐部"的几名"驴友"陪伴下，第一次来到张山头。

他站立在海拔758米的张山头村的高山上,眺望着茂密竹林、崎岖山道和杂草丛林,这里埋葬着一千多位红军战士的忠骨。

沙渠洋,是爷爷曾经战斗过的地方,也是他为了一个更加美好的中国而献出年轻生命的地方。

青山无言,天地含悲,满山的红飘带在翠竹间随风摆动,如泣如诉。当年在作战中当场牺牲的,或在红军医院因伤重不治而亡的,都埋在这里。战事繁多,牺牲的人越来越多,渐渐埋遍了附近的好几个山头。战时情况紧急,这些红军墓没有留下一个名字,无非三块青砖垒砌,仅以此作为标志。

那一瞬间,潘迪渊有一种很心痛的感觉:那么多英魂埋葬于此,没有墓碑,谁也不知道沉睡在山冈上的他们叫什么名字。

到底哪一抔黄土下面,是他日思夜想的爷爷呢?

几十年来,随着当年为伤员洗衣做饭的老人们的相继离世,这段历史很少再有人提起,张山头这片红军墓群也渐渐被茂密的竹林掩盖。除了当地人,外界很少知道这里的情况。

在2010年全国革命遗址普查过程中,张山头红军中医院和红军烈士墓群被武夷山市党史部门作为革命遗址上报。

从2016年4月起,武夷山市对红军墓群进行全面核查与保护,组织专业人员成立工作小组,进行抢救性勘查,发现无名红军墓冢1343座,1931年立的刻有"红军墓"字样和五角星图案的墓碑一方,以及战壕、炮台、练兵坪等遗址、遗迹。

经过核实,墓葬人员身份为闽北红军、红十军、红军北上抗日先遣队牺牲人员等。

2018年9月,张山头红军墓群被列入福建省第九批文物保护单位,并向国家文物局申报第八批全国重点文物保护单位。由此,更多的人知道了张山头红军烈士墓群。

2019年10月,国务院正式公布第八批全国重点文物保护单位,张山头红军墓群名列其中。

几十年的寻亲终于等到了答案。

这是几代人的接力,也是全国各地志愿者的接力,更是全社会尊崇烈士、致敬英雄的接力!

潘迪渊没有想到,"寻亲"的最后这一段路依然走得那么艰难:车子沿着九曲十八弯的山道盘旋而上,道路狭窄,窗外就是陡峭的山崖。

沿着崎岖的山路行到深山尽头,下车后还要步行攀爬。下过雨,道路湿滑,泥泞难行,潘迪渊深一脚浅一脚地走在山的褶皱里,看着周围的层层深山,他边走边想:80多年前,红军缺衣少穿,食品和弹药奇缺,爷爷在这么恶劣的环境下与敌人血战,究竟克服了多少困难?

到这里之前,潘迪渊想着将爷爷的遗骨带回江西,和父亲葬在一起。但踏上这片土地后,他发现这是一个多么大的奢望!

那么多的红飘带在雨里飘飞,他不知道哪一根属于爷爷。

那么多的青砖在雨中垂首,他不知道哪一片覆盖着爷爷瘦弱的身躯。

当地老人说,牺牲的红军太多了,战事最激烈的时候,流淌的鲜血染红了竹林。因为担心国民党反动派知道红军姓名后会株连烈士家属,因此不敢标注姓名。80多年后,已经没有人知道,长眠在山冈上的他们,叫什么名字,家在何方……

潘迪渊回想着爷爷短暂的一生,大约也是怕连累家人,所以不断地改名。爷爷最后一次回家是1926年。父亲在1927年出生,爷爷知道他有了儿子吗?他会不会遗憾从来没有见过儿子,没有抱过他,没有给他取一个名字?刻意和家里断了联系的那些年里,他带着怎样的牵挂浴血奋战?在人生最后的日子里,他知不知道自己的归宿就是这片叫作沙渠洋(梭坨杨)的深山?他知不知道儿子将会用大半生的时间寻找他的下落,并嘱咐孙子要一代代一直找下去,直到让他叶落归根?

站在1343座红军无名烈士墓前,潘迪渊百感交集。

1343个英魂,爷爷大概是唯一被亲人找到的。他是团长,而那些牺牲时更年轻的红军战士,谁来寻找他们啊!

因为没有名字,他们的亲人至今都不知道他们被埋葬在这里。

因为没有名字,他们的事迹也得不到传扬。

潘迪渊给自己立下了一个规矩:以后只要见到无名烈士墓,首先要深深地鞠躬,再献上最美丽的鲜花,致以最深切的缅怀。

面对烈士墓群,潘迪渊深深地鞠了一躬:"爷爷,我来看您了!"

他相信,爷爷已和战友们化作巍巍青山。那漫山遍野的翠竹,都是先辈的英魂。

从张山头回来以后,潘迪渊就想着,帮助张山头其余1342位英烈寻找后代。但他心里很清楚,这几乎是一个不可能完成的任务,因为这些红军烈士墓留下的资料太少了。

所幸,为烈士寻亲的故事被媒体广泛报道后,他的知名度越来越高,很多烈属都来委托他寻找亲人。

他也开始通过各个户外运动QQ群帮忙打听。

后来,潘迪渊认识了孙嘉怿,加入了她的志愿服务团队。毕竟为烈士寻亲这件事,"单枪匹马"肯定不如"联合作战"效率高。在团队中,他负责联系各个户外运动群,联系广大"驴友"搜寻各地烈士陵园里还没有找到亲属的烈士,再通过网络联系全国各地的志愿者,大家一起为烈士厘清身份、寻找家人。

技术在发展,时代在进步。到了 2020 年,就像 20 年前学着用 QQ 寻找爷爷的下落一样,潘迪渊开始尝试着在短视频平台上发布烈士信息,希望可以让更多的人看到。虽然刚开始并没有太多惊喜,但他还是坚持将烈士信息制作成短视频,号召大家一起发布。当年在 QQ 上到处打听爷爷的场景依然历历在目,他特别理解这种心情,"多一个人看到也好,多一个人看到,就多一分希望"。

2022 年,"我为烈士来寻亲"获得了越来越高的关注度后,平台开始给他们发放定点投流券,这样寻亲视频就可以定点投送给烈士籍贯所在地的用户,让更多当地的人看到。

这是"我为烈士来寻亲"的一个重大转机。从那段时间开始,在潘迪渊发布的短视频评论区留言的人一下子就多了,很多热心的网友感兴趣:"这不就是我们这里吗?我可以去问问。"还有一些当地媒体的记者主动找到他,了解更多的详细内容。

这几年,潘迪渊和他的伙伴们陆陆续续为好几位烈士找到了亲人。

他感慨,当年他和父亲找爷爷,找得那么辛苦,走了那么多的弯路,现在有了新的技术与手段,有了越来越多的人参与,寻找的效率大大提高。每一次"匹配成功",他都特别有成就感,就像又完成了一件人生大事。

"归根结底,还是全社会的氛围好了。"潘迪渊说。

34
将英雄从一个符号还原成一个活生生的、有血有肉的人

的确,只有全社会有了尊崇英烈的氛围,才能成就"我为烈士来寻亲"志愿服务团队的成功。

志愿者邱涛是山东莱州市人民医院的一名骨科医生,出生在渤海湾的大竹山岛上。那里,是北方海防战略重地。每一次和人说起那里,对方总会眼前一亮:"是不是《父母爱情》里的那个海岛?"

邱涛说:"地理位置差不多,但岛上的生活哪有电视剧里那么浪漫!"

当年,这是一座荒芜的"四无岛"——没有过原住居民,没有淡水,没有固定的海上交通航班,没有耕地。其实,岛上连树都很少,因为海滩上全是碎石。照明全靠每天晚上两个半小时的柴油机发电……贫瘠的土地几乎从不慷慨给予,但不屈的人们总能挣扎出一线生机。从 1954 年开始,岛上有一个守备团,一代又一代官兵接力,一袋又一袋地从山顶和陆地上搬运泥土,在荒芜的海滩上生生造出了田,种出了林。

邱涛的父亲是守备团卫生队的队长,在岛上守了 22 年。邱涛的童年就在这里度过。邱涛说,这个岛很小,岛上有一所更小的学校。小到什么程度呢?在校园里打球,一不小心,篮球就会飞出校园大门,直奔大海。儿时的邱涛曾以为这里就是全世界,直到父亲转业,他回到莱州,才惊讶

地发现，原来菜是可以随时买到的，淡水会自己从自来水管里流出来，出门就可以坐车，路上有那么多商店……

小时候的他没有办法理解：既然外面的世界那么丰富那么便捷，为什么会有人选择坚守在这么偏僻、荒凉的孤岛上这么久，会选择这么艰辛、单调的生活？父亲一字一句地对他说：这是军人的职责，为了这份职责，军人连生命都可以舍弃。

邱涛再大一些的时候，学校每年都会组织大家到烈士陵园扫墓。在那里，他看到了那些为了职责舍弃生命的人。看着烈士年轻的面孔，学习着他们英勇的事迹，邱涛联想到那些和他相处多年的坚守孤岛的官兵，总感到有说不出的感动和亲切。所以毕业以后，他每一年都会来烈士陵园转转。

看守烈士陵园的老大爷问他：很少看到有人单独来凭吊，这里有你的亲属吗？

邱涛说没有，只是觉得这些烈士都特别了不起，离乡背井孤零零地在这里，想来看看，多了解一些他们的故事。

老人像是找到了知音，看着他，慢悠悠地说："这里面有很多人，应该是我小时候见过的。"

那是好几十年前的事了，老人说，那会儿莱州还叫掖县，他只有八九岁，看到很多解放军官兵从自己家门口经过，从下午一直走到半夜。那些战士很多都是二十岁不到的小伙子，他们组成源源不断的队伍，就那么默默地走，一点声音也没有。然后，第二天就打仗了，他们在家里听着炮火震天动地的声音，都不敢出去，但能看到一个个解放军官兵被抬下来，都是已经牺牲了的。

那一幕，一直印在他的脑海里。他记得父母叹着气说，那些都是半大孩了,可怜见的,那么多人,可能临死都没有吃过一顿好饭,他们的父母可能都不知道他们牺牲了埋在什么地方。

后来,他开始看守陵园。这么多年,也确实没看到有人来看过他们。"没人来看,我就一个人守着。这些孩子是为了莱州才成为烈士的,我就替他们的父母家人守着。"

邱涛很受触动,他回去查了一下,老人说的那场战争是解放战争中的掖县攻坚战。1947年10月3日22时,华东野战军第十三纵队打响了解放掖县县城的战斗。激战至4日中午,全歼掖县城守敌,活捉国民党县长赵光岳,缴获一大批各种武器装备和弹药。那是一场胜仗,也是一场硬仗。

邱涛一直在想:是什么力量让那个年代的年轻人,那些"临死都没有吃过一顿好饭"的"半大孩子",有这样一种坚定信仰去抛头颅洒热血,去争取民族的独立和人民的解放,去改变国家的前途和命运?

他想找到答案,于是开始研究家乡的革命史。

2013年,他在新浪博客上看到了"老兵尹吉先"的名字。

这个出生于1932年的同乡,曾历经解放战争、抗美援朝战争等,枪林弹雨中九死一生。战后,他生活在北京。79岁那年,他开始上网,写博客,开专栏,在知乎上回答问题,并用残损的手指一字一句敲出那段战争岁月里的故事,和年轻人分享、互动。

邱涛印象最深刻的,是尹吉先说的一件事。

尹吉先说,每次上战场前,他的班长会给每位战士发两根白布条,让他们写上自己的姓名、家人姓名和地址。一条缝在衣服里侧的左边,一条缝在裤子里侧的右边。班长说,这样不管最后是剩下上半身还是下半身,都能被认出来。

尹吉先还细细地列出了五次战役中战友的名字,其中有一位是莱州籍的姜维礼。邱涛一看,这个地方他熟悉,也有志愿者在那里。于是,他跑去莱州打听有没有姜维礼这个老兵。结果还真的打听到了,而且他被告知姜维礼还健在。

一听到"尹吉先"这个名字,姜维礼眼前一亮,不断地点头:"有,有!哎呀,我们60多年没见了。"

当时天津电视台有一个节目叫《幸福来敲门》,尹吉先也曾托节目组寻找老战友。邱涛和本地记者一合计,租了辆商务车,陪同姜维礼直奔天津参加这个节目。

节目开始,邱涛陪着姜维礼在后台等着,看着屏幕上阔别半个多世纪的战友回忆当年的种种,老人眼里泛起泪光。终于,大门打开,老人踉跄着走向前,邱涛赶紧扶住他。

短短的几个台阶,每一步都很漫长。看到垂暮之年的老战友,尹吉先愣了一下,蹒跚着迎上来,两位老人终于拥抱在一起,一遍遍叫着对方的名字,老泪纵横。

第二天,整整一天,两位老英雄像孩子一样,一直手拉着手不肯放开,他们有说不完的话。吃饭的时候,尹吉先频频为姜维礼夹菜。战友情深,姜维礼淘气地张大嘴,等着尹吉先把菜送到嘴里,两人哈哈大笑……

邱涛陪在旁边,心里百感交集。这样的团聚,在现实生活中还是太少了。

尹吉先还拜托邱涛寻找当年的一个救命恩人,但邱涛打听了很久,终于了解到,很多年前那位战友就已经不在了。

英雄也终究敌不过岁月。数年后,姜维礼去世。尹吉先听到消息后先是"哦"了一声,过了很久,方感到肝肠寸断。

邱涛心里想,尊重英雄的社会才能英雄辈出。如果让这些老英雄总是带着"遗憾"离开这个世界,那以后谁还会为祖国和人民冲锋陷阵呢?

他开始花越来越多的时间为老兵寻找战友,为烈属打听亲人埋葬地,同时更系统更仔细地整理资料。他要像尹吉先一样,努力还原最真实生动的历史,让更多的年轻人知道。在这个过程中,他认识了孙嘉怿,此后加入了"我为烈士来寻亲"的团队。他们一起努力,去织出一张更细更密的志愿者寻亲网络。

在为烈士寻亲的过程中,邱涛总是想方设法地追问烈士的过往,了解更多的细节,还原英雄和英雄所在团队的壮举,也将英雄从一个符号还原成一个活生生的有血有肉的人。

让更多的人去认识英雄,走近英雄,理解英雄,他觉得这比单纯地为烈士寻亲更有意义。

35

传承好一代又一代中国人身上流淌的英雄气,让中华民族生生不息

电影《长津湖》热映时,邱涛已经研究牺牲在长津湖战役中的志愿军第 20 军第 60 师第 180 团团长赵鸿济很多年了。

邱涛说,赵鸿济也是莱州人,说起来他还是莱州目前在册的 397 位抗美援朝烈士中职务最高的一位,但网上能搜集到的相关资料很少。

2021年，借着电影《长津湖》的热度，相关报道也多了起来。邱涛在一篇报道中发现，他的这位团长老乡，和著名的特等功臣、特级战斗英雄杨根思连长一起，安葬在沈阳抗美援朝烈士陵园。

他立即联系了烈士陵园，打听赵团长后人的消息。得知赵鸿济姐姐的孙子宋伟滨就在沈阳，每年都会去祭扫，于是通过陵园联系上了赵团长的这位亲属，又通过宋伟滨，找到了赵团长在上海的孙女。

孙女说起爷爷，满是骄傲与自豪："我没有见过爷爷，但我奶奶说，他是一个很绅士又很威风的人。那一年，他骑着高大的枣红马来娶她，一骑红尘，远远地飞驰过来，跳下马，气宇轩昂地站在她面前冲着她笑。那个场景，奶奶一辈子都忘不了，也念叨了一辈子。"

和旧中国大多数人一样，英武帅气的赵团长有着凄惨而不幸的童年。在邱涛找到的资料中，他生于1918年，幼年丧母，父亲在外面做铜匠，他和弟弟赵洪海跟着嫁到外村的姐姐长大，生活十分艰难。他11岁辍学，之后跟着父亲做铜匠。1938年3月，他参加中国共产党领导的抗日武装——胶东抗日游击第三支队，由此开始革命军旅生涯。他机智勇敢，战斗中曾以木棍缴获敌军两支长枪而获三支队支队长郑耀南的表扬。他从战士一路成长，历任班长、排长、连长、营长、团参谋长、副团长，淮海战役后任180团团长，最后在抗美援朝战争长津湖战役的黄草岭战斗中壮烈牺牲。

赵团长的孙女对爷爷牺牲的过程并不是很了解，但特别想知道。

邱涛辗转打听到，当年赵团长的警卫员邹世俭也是掖县人。只是不巧，他打听到的时候，邹世俭去世已有三四年，但他的儿子邹文峰仍在莱州。

邱涛赶紧驱车赶到邹文峰家。

邹文峰一听邱涛是来打听赵鸿济的，眼眶瞬间变红了："我知道他，赵团长是我父亲在世时提得最多的人。"

邹世俭还有一位朝夕相处的战友,叫李东德,是团政委的警卫员。根据他们的描述,当年的场景逐渐清晰。

真实的长津湖战役,远比电影中更热血,也更惨烈。

采访时,邱涛向我们描绘过当时的战斗场景:

1950年11月,志愿军第20军第60师第180团团长赵鸿济奉命随部队奔赴朝鲜战场,参加第二次战役。他参加的是著名的长津湖战役。11月27日,志愿军第9兵团发起行动,一举将长津湖地区的美陆战第1师、第7师等部分割在4个孤立的地点,准备各个歼灭。兵团首长命令,各部队一方面对被围之敌展开攻击,一方面破坏长津源至咸兴的公路桥梁,阻止美军南逃。热映的电影《长津湖之水门桥》讲述的就是这个阶段的战史。

11月27日24时,第180团奉命向古土里地区的美陆战第1师发起进攻。冲锋号响起,志愿军战士个个奋勇向前,向古土里以北高地发起冲锋。那时,美军的装备比志愿军先进太多了,他们利用武器优势和坚固工事负隅顽抗。

战斗进行得异常激烈。第180团的很多战士都英勇牺牲了,但战斗还在持续。此时,团长赵鸿济毅然下令把指挥所前移,近距离实施作战指挥。战斗焦灼之时,赵鸿济又带头冲在一线,当突击队长。

11月28日凌晨2时许,赵鸿济亲率突击队向敌人阵地发动进攻。敌人被志愿军官兵这种英勇无畏、不怕牺牲的战斗精神吓破了胆。经过激烈的战斗,第180团按时胜利完成了分割包围古土里敌军的任务。

12月5日,第180团按命令进至黄草岭等地阻敌南撤北援,这就是志愿军战史上著名的黄草岭战斗。12月8日,急于向南逃命的美陆战第

1师在优势火力的掩护下,向第180团扼守的黄草岭阵地发起猛攻。同时,美第7师也在堡后庄向我志愿军阵地发起攻击。战斗异常残酷,至9日12时,第180团的3营只剩下2个班,但官兵们仍然钢钉一样紧紧钉在阵地上。

关键时刻,敌人在坦克的掩护下,又对我军阵地发起进攻。赵鸿济率警卫班冲上了阵地。在打退了敌人十余次进攻之后,他率领180团官兵与敌人展开肉搏战,在12月10日那一天壮烈牺牲。

当时,师里要团部无论如何找到赵团长。邹世俭说,"我去",然后他就上了阵地。一上阵地,他就被美军发现了,接着美军就集中火力向他射击。多年之后,邹世俭的儿子邹文峰仍然能够绘声绘色地描述父亲的战斗历程,特别是承受敌方狙击手"五枪"的故事。

邹文峰说:第一枪,打在身旁,他赶忙卧倒在雪里装死。随后,又爬起来继续走。第二枪,从小腹的棉袄和肚皮间穿过。第三枪,从右耳上方擦皮而过。第四枪,打中身上背的饭盒。第五枪,从胳膊的袄袖穿过。父亲命大,都没被打中要害。

等他上了阵地,赵团长已经牺牲,只有一个报务员还活着。他让报务员跟他一起下去,报务员说不下了,团长命令:人在阵地在,誓与阵地共存亡!邹世俭只好下来向团部汇报。

团部命令,一定要把团长的遗体抢运回来!

接着,邹世俭领命二上阵地,同行的还有一个刚从别的阵地下来的副连长,又动员了两个朝鲜民工。四个人冒着生命危险,上山把赵团长的遗体运送下来……

邹文峰说,在长津湖战役的冰天雪地中,他父亲的双腿也被冻伤了。所幸,在团部安排下,父亲拖着伤腿,忍饥挨饿,还带着一位因伤双目失明的战友,咬牙跋涉 40 多公里,一身风雪回到了志愿军第 9 兵团后方野战医院。接受治疗后,惦记着战友的父亲又主动归队,随老部队参加了抗美援朝战争中的第五次战役,并于 1952 年从朝鲜回国。从部队转业后,他父亲回到老家掖县供销社工作。

"你能把赵团长的故事记下来,那可太好了!"邹文峰感慨着,"我父亲一辈子都在怀念他。"

邱涛将整理好的故事发给赵家后人,赵鸿济姐姐的孙子宋伟滨收到后,马上给他打来电话:"谢谢你对我们家的事这么上心,我能不能拜托你再找另一个舅公?这也是我奶奶念了一辈子的事。"

这些故事,如山路一样曲折。但在邱涛看来,为烈士寻亲的过程,也像登山一样,在充满挑战的过程中,充满了意义。

赵鸿济和弟弟赵鸿海由姐姐一手带大。抗战时,这个深明大义的姐姐将两个弟弟都送上了战场。赵鸿济是成了亲才走的,弟弟赵鸿海还小,"没留个后"。兄弟俩没有被分在一个部队,在赵鸿济去朝鲜之前,赵鸿海就已经和家里失去了联系。他最后一封信,是从东北发过来的。所以,亲人们断定,他很有可能牺牲在东北。具体是什么时候,牺牲于哪场战斗,家里人谁都不知道。

"我奶奶一辈子都在念,这个小弟弟太可怜了,都不知道人埋在了哪里。她常常自责,不该把两个弟弟都送上战场。所以你能不能帮我找找赵鸿海?也算给我奶奶一个交代,给赵家一个交代。"

邱涛将信息反馈给孙嘉怿,孙嘉怿赶紧联系了一批东北的志愿者。志愿者中,有一名辽宁锦州的摄影师,叫樊洪波。他是个特别执着的人,曾经用 10 余年时间,一次次前往辽沈战役旧战场,寻访、记录那些鲜为人知的战争细节。其间,他用 4 年时间为掩埋在湖北赤壁的 142 位抗美援朝烈士中的 7 位辽宁籍烈士找到了家人,送烈士英灵"回家"。

2019 年,为庆祝中华人民共和国成立 70 周年,他给锦州 70 位共和国老兵拍了照,并举办了肖像摄影作品展,反响巨大。

收到孙嘉怿发来的消息,他的判断是,赵鸿海应该是牺牲在辽沈战役中。说来也巧,当时辽沈战役纪念馆刚刚做了一个网站,将所有烈士英名都放了进去,樊洪波在馆里的应用数据库里找到了"赵鸿海"的名字,是东北野战军第四纵队的一名战士,山东掖县人,牺牲时间是 1948 年。名字、年纪、籍贯都能对上:"那就是赵团长的弟弟没错了!"

"赵家兄弟很伟大,你奶奶也很伟大!"将消息发给宋伟滨时,邱涛附上了这样一句话,"先烈们的血不会白流,他们的精神将永远激励着后人,无惧困难,勇敢前行!"

宋伟滨回复:"谢谢!是的!"

莱州的兄弟兵很多,除了赵家兄弟,邱涛还整理了很多本地抗美援朝英烈的资料,其中就有中国人民志愿军第 20 军第 60 师第 180 团某连的武家兄弟。

2023 年 2 月 17 日,在济南举办的第六届中国青年志愿服务项目大赛暨志愿服务交流会上,邱涛向大家分享过这样一段故事:

电影《长津湖》里有伍家三兄弟,老大伍百里牺牲在淮海战役,老二伍千里牺牲在长津湖,最后由老三伍万里接过了英雄连队的旗帜。邱涛在整理本地抗美援朝英烈的资料时,发现有与电影角色相似的人物原型 —— 来自山东省莱州市沙河镇武家村的武氏兄弟!他们都来自长津湖战役时众所周知的冰雕连之一:守卫 1081 高地的 180 团 1 营 2 连。

两位烈士为同族兄弟，都曾在木村当过民兵队长，一位是村长的儿子，一位出身书香门第，家境殷实。他们在胶东地区大参军时应征入伍，编入当时的华野1纵3师9团，即后来的第20军第60师第180团。兄长武洪福像电影里的大哥伍百里一样，1949年1月9日在淮海战役胜利的前一天牺牲，弟弟武洪忠像伍千里一样于1950年12月牺牲在1081高地。遗憾的是，两位烈士参军时都很年轻，没有留下直系后代，邱涛寻访到的是他们的侄子。武洪忠的侄子得知他是专程来寻访英烈事迹时，郑重地将他手中所有与烈士有关的证件交给了邱涛，其中一份1950年10月1日颁发的革命军人家属证，上面完整地记载了这位烈士所属部队的番号——中国人民解放军3野20军60师180团1营2连！就是赵团长亲自率领的死战1081高地的那支英雄连队！

邱涛说，提到冰雕连，往往人们的反应就是他们爬冰卧雪，一动不动，一枪未发被冻死在阵地上，这一定程度上反映了当时战场环境的极端恶劣，也的确有相当数量的指战员因此受伤致残甚至牺牲。但邱涛觉得，提这个称谓时只谈冻死而忽略他们的英勇奋战，失之偏颇。在这一点上，被称为"冰雕连"的180团1营2连在敌我双方对此战的记载上有惊人的相似！

敌方记载：此处的中国士兵，没有一个人投降，全部坚守阵地而战死……这个阵地的中国第60师，忠实地执行了他的任务，顽强战斗到底，无一人生存……

我军记载：我60师180团全部及179团一个营在南北夹击之下坚决阻敌于门岘与堡后庄之间，该部经两天顽强艰苦之激战后，团长牺牲，参谋长重伤，全部仅剩二十人……我守备1419.2高地和1081高地的部队，反复与敌厮杀，全部壮烈牺牲。当战友们掩埋烈士时，看到烈士个个面向敌方,把把刺刀见血,有的至死仍紧握枪杆,有的抱住敌尸难解难分,有的手指上挂着十几个榴弹线圈……

邱涛说,从上述他找到的军史记载以及他所接触的20军后代从他们父辈那里得到的关于此战的叙述,无一例外都是战士英勇奋战、死战不退而牺牲,牺牲后化为冰雕屹立在阵地上,守护着身后的祖国。他们是英雄冰雕连!这才是事实!

如果只有很少一部分人在做一件事,说明还没有形成风气。如果很多人在做着同样的事,那么就可以称之为社会风尚了。令人欣慰的是,缅怀先烈的人越来越多,为烈士寻亲的人越来越多,崇敬英雄的人也越来越多。

邱涛在整理资料的过程中,结识了一些志同道合的志愿者,比如北京新四军研究会浙东分会的葛大庆。他是一名志愿军老兵的后代,长期从事寻找烈士后人、收集整理烈士故事和宣传烈士事迹的工作。

葛大庆委托邱涛帮忙,一起整理解放战争期间在淮海战役中牺牲的莱州籍烈士的相关情况。然而,遇到的困难远超他们的想象。当年,在部队做登记时,由于很多士兵都没有读过书,写不全自己的名字,加上方言不通,负责登记的人很可能听不懂,所以只能记一个谐音。籍贯就更不准确了,而且这么多年过去,各地行政区划一直在变。所以要把那么多烈士的准确信息重新整理出来,是一件工作量非常大的事。两个人经常三更半夜还在核对:烈士的姓名、籍贯,地方志是怎么记载的,所在部队是如何记录的,能不能和档案对得上……

核实信息需要大量文献资料。

这两年,随着大家对烈士的关注,很多旧书、史料的价格也水涨船高。他们发现,20世纪80年代地方编印、出版的一些革命史料,现在动不动就要卖数千元。两人没办法,只能咬咬牙合着买。

葛大庆希望做出一份莱州籍烈士的完整档案,捐献给有关部队和地方的档案馆。这是对父亲的一个交代,也是对历史、对先烈的一个交代。

这几年,邱涛除了工作和陪女儿,几乎推掉了所有的应酬,他把全部时间都花在与烈士有关的事情上。为什么要花这么多精力做这样一件事?邱涛写了一份长长的总结表达心路历程——

开始只是出于对烈士敬仰的情怀,想尽自己的一份力,为烈士家属圆梦或者让烈士魂归故里。我时常在想:他们倒下去的那刻,耳边是否会响起家乡的山歌小调?硝烟散尽后,是否闻到了家乡的稻香,看到了翻滚的麦浪,听到了村边流淌不息的一条大河?后来,随着接触的人和事越来越多,我发现对这件事的认识已经发生了质的变化,不仅仅是出于情怀,英雄的故事给予我们更多的是力量,而不只是悲情。我也感觉这事越来越有现实意义。

可能不少人看过电视剧《功勋》里指导员李延年做的那段战前动员。战争年代,他们也是风华正茂的年轻人,是什么让他们义无反顾地奔赴战场?因为他们身后,是欣欣向荣、和平安宁的祖国,他们不能让自己的亲人再遭受任人宰割的屈辱!正是靠着这样的一份家国情怀,在争取独立自由的战场上,在"两弹一星"的研制过程中,在新中国各个时期的建设中,在中华民族伟大复兴的道路上,不断有年轻的生命倒下。他们可能默默无名,但是他们的故事一样可歌可泣。这样的故事,有很多很多,但是其中一大部分并不为人所知。今天的年轻一代不用去亲身体验那份痛苦，这正是前辈的牺牲换来的。而对得起这份牺牲的，就是我们这一代要把这些故事讲述下去，把这种精神传承下去。我们抱着同样的信仰，身体力行，为先辈们做一些力所能及的事情，传承好一代又一代中国人身上流淌的英雄气，让中华民族生生不息。我想这就是我为烈士寻亲的初衷和意义。

人民有信仰，国家有力量。

人民有信仰，民族有希望。

从一个人到一个团队，从一个团队到遍布全国的崇尚英雄、服务老兵的志愿者群体，折射出新时代人们精神生活的重塑与改变。

"我们这个小小的志愿服务团队，就是这个变化的见证者和实践者。我们青年人，遇见了一个好时代，一个新时代，一个伟大的时代。"孙嘉怿如是说。

第六章

望海潮·
『最美志愿者』
走向未来

在采访"我为烈士来寻亲"志愿服务团队的日子里,我们一次又一次地感动着。我们也一次又一次地感叹着,是先烈们用生命换来了今天和平幸福的生活。

没有先烈们的付出,哪有这繁花似锦的中国?哪有这片和平的土地,和土地上人们尽情享受着的岁月静好?

我们也越来越理解了,为什么是这样一群"80后""90后",乃至"00后",在不断地加入为烈士寻亲的队伍。我们也越来越理解了,为什么越来越多的年轻人,加入青年志愿服务团队,喜欢在历史中追寻先烈们的光辉足迹,倾听先烈们蓬勃的初心。

先烈们深深感动了这些志愿者,志愿者们也深深"感动"着先烈。

为烈士寻亲,寻找的是烈士的英名与事迹,也是烈士的初心与价值。正如多年前志愿军官兵被全国人民誉为"最可爱的人",这些新时代为烈士寻亲的志愿者,被人们誉为"最美志愿者"。一个国家有了"最可爱的人",才有了人民和平幸福的生活;一个民族有了"最美志愿者",就一定会在革命先烈精神的激励下,凝聚起团结奋斗的磅礴力量,迈向中华民族伟大复兴这个光辉灿烂的未来!

36

节目的最后藏着一个惊喜，残缺的全家福竟然神奇地"复原"了

孙嘉怿切身感受到，这些年来全社会尊崇英烈的氛围越来越浓。

从发起"我为烈士来寻亲"志愿活动，到国家有关部门开通上线"烈士寻亲政府公共服务平台"；从推动英烈事迹进入展览陈列，到公布国家级纪念设施、遗址名录和英雄群体名录……全社会尊崇英雄烈士、传承英烈精神的举措不断丰富。

寻亲之后，我们还能做些什么？志愿服务团队的每一个人都在苦苦思索。

后来发生的为烈士修复遗物等行动，证明了为烈士寻亲活动，还可以向更深层次延伸、拓展。

2019年2月，来自安徽萧县的冯淑兰联系上了孙嘉怿，她想找到在朝鲜战场上牺牲的父亲冯世杰。

寻找父亲，是母亲的心愿。为了找父亲，冯淑兰已经用数十年时间，辗转奔波了大半个中国。她的母亲吴秀真已经90多岁，快等不起了。

"爸爸牺牲这么多年，我妈没有改嫁，一个人把我养大，一个人照顾把眼睛哭瞎的奶奶，她从来不叫苦不叫累。她总说对不起我爸，一气之下把

我爸'弄丢'了。"

冯淑兰给孙嘉怿发来一张被撕掉半边的全家福。她说,那是爸1950年离开前一家三口拍的最后一张照片。照片中间是妈妈,爸爸和4岁的她站在两边,只是爸爸的那半边被妈妈撕掉了。

照片上的吴秀真笑盈盈地看着镜头,那大概是她人生中最幸福的一段时光。那时,他们都以为离别只是暂时的,幸福不会戛然而止。

孙嘉怿称赞:"你妈妈看起来好秀气。"

"妈妈是农村妇女,"冯淑兰快人快语,"我爸爸有文化,还写得一手好字,在部队是参谋长。所以后来,爸爸去了朝鲜一直没有信来,妈妈就担心爸爸是不是有了别的心思。"

妈妈撕照片的时候,冯淑兰还很小。后来妈妈的解释是:以为爸爸不要我们了。同为女人,长大后的冯淑兰完全能理解妈妈当时的矛盾与纠结——25岁的爸爸奔赴抗美援朝战场后就与家人失去了联系。在农村的闲言碎语里,一个帅气军官抛下农村的糟糠之妻,娶一个有文化有家世的城里姑娘,是完全有可能的,何况妈妈"连儿子都没有"。听别人说得多了,一个人留在农村照顾婆婆和年幼女儿的妈妈也对丈夫产生了怀疑,当等待变得徒劳无望,当所有劳累、委屈和愤怒交织在一起,她一时间失去了理智,一气之下,就把全家福上的丈夫撕掉了。

1953年,有部队的人来到吴秀真家里,告诉她冯世杰牺牲的噩耗。

悲痛中的吴秀真知道自己错怪了丈夫,可那被撕掉的半张照片,却再也找不回来了。

从此,照片就成了吴秀真的一个心病,每一次说起,她都要哭一回。后来,她把照片放在相册里,把冯世杰的一张单人证件照放在旁边,一有空就捧着看,就好像一家人仍在一起。

"这几十年时间里,我妈一次次念叨,当时要是没有把照片撕掉就好了。我知道,她希望能把爸爸的那一半'拼'回来。她想告诉爸爸,她一直在等他回来。"冯淑兰说,她从来没有怪过妈妈,放在和平年代,可能这只是夫妻间的一个小误会。只是战争的无情和残酷,让暂别变成了永诀,让痛苦和遗憾跨越生死,纠缠一生。

冯淑兰知道,照片丢了不可能再补回来,但她就想问问,爸爸到底安葬在哪里,她想去看看,然后告诉妈妈。知道爸爸在哪儿,对愧疚了一辈子的妈妈来说也是一个安慰。

可能是冥冥之中自有定数,在和冯淑兰沟通期间,孙嘉怿正好在整理从朝鲜江东郡烈士陵园带回来的信息。

冯世杰!孙嘉怿眼尖,这个名字就那么"及时"地出现在那面英烈墙上。

"啊,我看到了,你爸爸就在朝鲜江东郡烈士陵园!"孙嘉怿赶紧联系冯淑兰。

英烈墙的照片传到安徽,吴秀真积蓄多年的眼泪又一次决堤。她用手抚摸着照片上丈夫的名字,哭了整整一个下午。

更巧的是,当时中央电视台要采访孙嘉怿,在征得冯淑兰同意后,她讲述了这半张全家福的故事。

"你是说冯世杰的单人照还在?"央视记者问她。

"对,就和半张全家福放在一起。"孙嘉怿回答。

在回答这个问题时,孙嘉怿脑海中突然闪现出一个想法:"是不是还有补救的机会?是不是有技术可以把照片拼起来?"

央视记者答应想办法试一试,孙嘉怿便将照片转发给对方。她没有和冯淑兰说这件事,怕万一实现不了让人家失望。

两个月后的清明节,又一个烈属团去朝鲜祭扫,冯淑兰一家三口都报了名。95岁高龄的吴秀真已经不能亲自去朝鲜了,只能不断地叮嘱女儿:多带些衣物,替她问问那里冷不冷……

孙嘉怿将他们送到了鸭绿江边。

第二天他们就要去朝鲜了,孙嘉怿和冯淑兰一家吃了顿晚饭。

菜上来,热气氤氲,谁也不说话。冯淑兰只是低着头往嘴里扒饭,过了一会儿,孙嘉怿发现她的肩膀一抽一抽,她在哭。

她说:"我们找了这么多年,想了这么多年,真的没想到能找到,没想到一家人能来到这里,到爸爸到过的地方,一起吃饭。无数次地梦到爸爸找到了,醒来发现不过是一场梦。现在真的找到了,又觉得像做梦一样……你懂我的心情吗?"

孙嘉怿拉住冯淑兰的手说:"我懂。"

又是冥冥之中的巧合,在进朝鲜的那天早上,中央电视台的节目播出了冯世杰半张全家福的故事。所有烈属都围在一起看,一边看一边掉眼泪。节目的最后藏着一个惊喜,残缺的全家福竟然神奇地"复原"了!

原来,央视的技术人员借助现代影像修复技术,替烈属完成了心愿。冯淑兰睁大眼睛看着电视屏幕,紧紧捂着嘴,又一次泣不成声。

一个月后,央视记者将这张照片送到了吴秀真家里。老太太郑重地将这张照片挂在他们家客厅墙上的正中央。老太太说,这是每天第一缕阳光就能照到的地方。

在定格的黑白照片里,时间仿佛倒流到70多年前。这对小夫妻笑容羞涩地依偎在一起,永远留在最美好的年纪。

"半张全家福"的事也给了孙嘉怿一个启发,她觉得,"我为烈士来寻亲"还有很多事情可以做。

比如，为烈士修复他们的照片、书信、遗物，更完整地保留烈士们留在这个世界上的痕迹，多留给亲人一点念想，也让无尽的缅怀有更具体的载体。

2021年，电影《长津湖》热映的时候，志愿服务团队收到了抗美援朝志愿军烈士汪文才家属的委托，说是需要修复一块有纪念意义的牌匾。他们和孙嘉怿一起来到宁波海曙区集士港镇的湖山村，查看烈士遗物。

去之前，孙嘉怿就做了一些功课：汪文才烈士是中国人民志愿军第9兵团第20军第60师第178团3营7连的副连长，1950年10月第一批入朝作战，牺牲于长津湖战役。

汪文才烈士的侄女汪晓燕一早就等候在门口。汪晓燕说，大伯汪文才本来打算回来后结婚的，聘礼都送好了，但没想到后来牺牲了，牺牲时只有27岁。现在家里唯一跟大伯有关的，只剩下半块依稀写着"革命先锋"的木匾和一个残旧的军用水壶。木匾是两板木板，中间用竹钉固定，由于岁月更迭，风吹日晒，这块木匾只剩下一半，字迹模糊，多处开裂，军用水壶也已变形掉漆。

汪晓燕说，修复这块牌匾，是家里人多年来的希望。

团队成员之前修复的大多是纸质的遗物，修复牌匾是第一次。

木匾只剩下了一半，修复面临的第一个难题是要找到合适的板材，将另一半拼上。

说干就干。各路人马分头出发，大家一起加入了寻找的队伍。他们去旧货市场淘，也去一些要拆迁的村庄碰运气。汇总"战利品"时，有的人从旧货市场淘来几块，有的人从刚拆掉的老房子里找来一些，最终搜集到大大小小20余块板材！最后，经认真对比，大家找到了几块比较相似的木材，漆面和木材的纹路都对路。他们又找到专业老师鉴定木材的年代,时间上也差不多。

大家大喜过望,继续从中找出一块厚度最接近的。

确定了最合适的一块板材,修复工作正式开始!

首先是板材做旧,用的是三氯化铁和红茶。油漆要调出老色调,得加进檐上的细浮灰。

最难的就是还原字迹。他们请来专业人士,先用电脑推演出原来的字形,同比例打印好。大家把字在纸上刻出来,再用铅笔淡淡地描在木板上。专业人士再调出相似的漆材料,一点点添上去,还找了专业的书法老师来还原相似的笔锋。

在修复中,他们又遇到了一个难题。原来的漆面因时间久远,有了细细的裂纹。"这么细,怎么测量呢?""是啊,看上去和头发差不多。""那就用头发?"后来几个成员灵机一动,将头发拔下来对比了一下,发现裂纹与头发的粗细差不多,于是就将头发粘在板上面,然后再用漆添字,这样就能修旧如旧,模仿出原来裂痕的纹路。

真是一个系统工程啊!

修复工程前前后后花了半年时间。在大家的共同努力下,在一笔一刀的雕刻中,牌匾修复工作顺利完成。团队成员们在修复过程中,也仿佛穿过岁月,与70年前浴血奋战的先烈在精神上有了千丝万缕的关联。

大家将修补完整的功勋牌匾用红绸布仔细包好,热热闹闹地送往汪文才烈士亲属的家里。当天,汪家姐弟也起了个大早打扫屋子,激动地等待牌匾归来。

考虑到已修复的老牌匾他们肯定舍不得再挂了,所以除了老牌匾,团队成员们还送上了自己的心意——将一块复刻的新牌匾一同送去。接过牌匾时,汪晓燕和弟弟汪勇义连连称谢。

参与修复的团队成员林佳琪发现,这对姐弟一直在笑,但他们的手却是颤抖的。那一刻,她觉得这半年的辛苦是值得的,也特别有意义。之前,她听别人说过为烈士修复文物要尽心。以前,她总觉得这是句口号,直到她无意间发现烈属接过牌匾时微微颤抖的手,才终于明白:面对着这么沉重的嘱托,谁敢不尽心呢?

那一年,孙嘉怿刚刚修复好毛阿根烈士的照片,准备送到烈士的弟弟家里。想起毛阿根的烈士证也有所破损,便请了志愿服务团队的几位成员一起,给烈士弟弟家里送照片,顺便商量把这个证件也修复一下。

毛阿根烈士的家在宁波市北仑区新碶街道。这里算是郊区的偏僻村庄了。车只能停在村口,因为村民都已经陆陆续续搬到了县城,两边的自建房都空了,中间曲折的小路堆着石块沙子,杂草丛生。沿着这条人迹罕至的小路走到尽头,是一幢旧式的两层小楼,这便是烈士弟弟毛祥明的家。

毛祥明看到孙嘉怿手里的照片,睁大了眼睛,说:"像,真像我妈从前常捧在手里哭的那张。"他爱人张金芬也说像。毛祥明笑她:"你知道啥,你嫁过来的时候,原来的照片已经被姆妈的眼泪反复打湿损坏了。""我伺候姆妈这么久,我能不知道?"张金芬不服气,指着压在饭桌玻璃板下的一张一寸证件照给大家看,那是她刚刚考上大学的外孙,"你看看,和照片上的阿哥是不是很像?"

果然,大家觉得两张照片上的少年有着相似的眉眼,连眼神都如出一辙,有着几分懵懂,也有着几分期待。那一瞬间,烈士与后代亲人,仿佛隔了70多年的时空在遥遥相望。

志愿服务团队的成员蒋雯倩问:烈士牺牲的时候多大年纪?

毛祥明伸出两根手指,20岁。

20岁,和自己差不多的年纪。那个时刻,正在读大学三年级的蒋雯倩浮想联翩:说到爱国,她和她的同学们也爱国,也关心国家大事和国际形势,但平时关注得更多的是考研、就业等现实问题,闲下来时,他们讨论的是什么时候去打卡新开的网红店,要不要趁周末来一场 city walk,怎样可以抢到演唱会的门票,到哪儿去喂流浪猫……如果有一天国家真的有需要,自己有没有像革命先烈一样的巨大勇气,抛下一切,甚至自己的生命,义无反顾地走上战场?

蒋雯倩问毛祥明:"你哥哥是个什么样的人?"

"我从来没有见过他,"毛祥明不善言辞,"我出生时他已经没了。"

毛祥明的爱人张金芬倒是很高兴有年轻人特意来问烈士的事,特别愿意和蒋雯倩交谈。蒋雯倩想,可能也是因为有些话憋在心里太久太久的缘故吧——

> 毛祥明是父母痛失独子后的"老来子",比哥哥小了二十来岁,出生时姆妈已经46岁了。他姆妈在村里很有名,说以前是舟山有钱人家的小姐,喜欢上了来他们家贩鱼的年轻人,就跟着来了宁波。后来就有了毛阿根。毛阿根小的时候,日本人飞机轰炸,他被弹片打穿过屁股,人人都以为活不了了,姆妈到处拜菩萨,最终孩子活了下来,也没留下什么后遗症。新中国刚刚成立,美帝国主义就侵略朝鲜,可能那个时候,他就有了保家卫国的心思。但他也知道,父母就这么一个儿子,肯定不肯让他当兵的,于是就瞒着他们,只说要去宁波念书。父母当时还挺高兴,孩子上进是好事,想都没想就点头了。谁知道孩子去了就不回来了,他们到处打听,到宁波去问了十几次,后来还真的打听到孩子在一

个民兵学校读书,但整个学校都空了。于是,父母只能回家等消息,一直等到1952年噩耗传来。

一个大小伙子就这样没有了。这些年来,家里陆续收到一些政府寄过来的慰问品和烈士证明——慰问志愿军的方巾、数十年前所在乡镇"抗美援朝增产节约委员会"赠送的"光荣之家"木牌,还有20世纪80年代民政部颁发的革命烈士证明书……

毛祥明出生后,姆妈就时而清醒,时而糊涂。清醒的时候,她抱着老大的照片哭:"他埋在哪里呢?一个人在外面多受罪啊,到哪里才能找到他,把他接回来?"糊涂的时候,就到处乱跑,见到年轻后生就认儿子。那个时候还没有"阿尔茨海默病"的说法,大家只说她是伤心过度损害了身体。

全家的重担都落在毛祥明父亲身上。

有这样一位母亲,毛祥明从小就内向,沉默寡言。到了谈对象的年纪,找对象都困难。他能娶到张金芬,是因为两个人的父亲都在供销社上班。张金芬的父亲看着毛祥明长大,知道这孩子老实勤快,便做主把女儿嫁给了他。

婚礼之前,父亲百般叮嘱张金芬:"你婆婆脑子不清爽,不是她的过错。你凡事都不要计较,人家为国家献出了一个儿子,我们多辛苦一点是应该的。你嫁过去要好好服侍她。"

张金芬做好了"天天端屎端尿"的思想准备嫁了过来,只是没有想到,服侍一个身体硬朗但心怀执念的母亲,比服侍一个瘫痪在床的病人要难得多。烈士牺牲20多年了,婆婆始终无法接受一个活生生的儿子已经牺牲的事实,天天在家里长吁短叹、默默流泪。逢年过节哭,亲戚上门哭,就连孙女出世时也哭,还说:"儿子寻不回来,要囡做啥啦?"

张金芬心里委屈,但少不得忍着委屈好言相劝,说多了又会被婆婆骂。张金芬听着,婆婆与其说是在骂别人,不如说是在骂她自己:"你是个蠢人,儿子丢了都不知道。说这些没用的干什么?为什么不去找儿子?"

其实,家里人一直在找。

只是,朝鲜太遥远了,没有人告诉他们毛阿根到底埋在哪里。

婆婆会突然想起一个地方,比如有她娘家人在的上海、舟山、安徽,让张金芬夫妇带她去打听。明明知道不可能有什么结果,但他们还是会依着老人的意思,一起陪她去那里问,到一个村里,找年纪大的人打听。

此外,根据老人的意思,一年总要去几回普陀山"问问菩萨"。老人走不动了,小儿子就背着她。20多年,年年如此。

到她人生最后几年,脑子完全糊涂了,大小便失禁,出不了远门,还是惦记着找儿子。一旦没有人看着,她就自己出门到处乱跑"找儿子"。张金芬常常上着班又被邻居叫回去,因为婆婆又跑了。她只能请假去找,婆婆不会跑远,但找到了也不能马上回家,要"配合"着婆婆把该问的人都问一遍……

蒋雯倩觉得有点不可思议:"明知道找不到,还要一次次去?这么多年你们就一直顺着她?就没有烦的时候?从来没有反驳过她?"

"只要她高兴,我们就去。"张金芬指指胸口,"做事讲究'尽心',老太太心里大概也知道,这个儿子回不来了。但出去一次,她心里就能舒坦几天,因为尽了心。那我们就帮她一起尽心,让烈士的母亲高兴,也等于为烈士做一些事。"

说到"尽心"两个字的时候,张金芬眼睛红了。

可能是看到照片太过激动,也可能是积攒了太久的话很少有外人倾听,她整整说了一个下午。

临近傍晚,张金芬把志愿服务团队的成员们带上楼,上面专门有一个房间是留给毛阿根的,放着他的照片和证件。他们照顾公公婆婆20多年,寻找和思念早已成为一种习惯。

这几年,邻居们都陆续搬走了,女儿也给他们在城里买了房,但他们还守在这个旧宅,就是怕烈士忠魂回来找不到家。

毛祥明的女儿毛海英也一直留意着烈士的下落。纪念中国人民志愿军抗美援朝出国作战70周年的时候,习近平总书记有一个重要讲话,她看到新闻后,就在下面的评论栏里讲了自己家的故事:"我的大伯就牺牲在朝鲜战场,我爷爷奶奶和爸爸妈妈找了他很多年……"记者看到后,联系到了毛海英,采访之后,还将毛阿根的名字报给了"我为烈士来寻亲"志愿服务团队,请孙嘉怿帮忙寻找。

那时,朝鲜各地拍回来的烈士墓和烈士名字已经逐渐被志愿者整理出来,孙嘉怿很快在平壤市顺安区中国人民志愿军烈士陵园的相关照片和资料中,找到了毛阿根的名字。来之前,蒋雯倩就看过这份烈士资料,特别留意到,在这面刻有毛阿根烈士名字的英烈墙上,共有720名志愿军烈士,其中有名字的烈士609人,另有111人因为安葬时无法确认身份,成了无名烈士。

这个数字让她很惊讶:没有确认身份的那111人,还有谁记得他们?有名有姓的这609人中,还有多少烈士和毛阿根一样,几十年来都没有找到亲人呢?

临别前,蒋雯倩和团队成员们带走了那张磨损的烈士证。

一行人慢慢走到村口,走一步,回一次头。

夕阳如血,将这些志愿者的影子拉得很长。

回忆起这段难忘的往事,蒋雯倩说:大家都以为到这里来是"受教育的",准备好了感受一个热血青年英勇报国的故事,没想到听了一下午的家长里短。我们很感慨,平常看的影视剧里,牺牲只是几个壮烈的、振奋人心的镜头;但在现实生活中,我们看到了,一个离开多年的英雄,这么具体而深刻地渗透到这个家庭的所有生活细节中,影响着几代人。这个英雄和他的家人,其实离我们很近,他们值得被更多的人关注。

有了这份情感,志愿服务团队请专家开了一个研讨会,确定修复方案,决定遵循文物修复"修旧如旧"的原则,在可逆的、不破坏本体的前提下进行稳妥的手工修复。

因为白天要上课,修复往往在晚上进行。夜色沉沉,志愿者头顶一盏小灯,慢慢地修复着烈士证。

这事儿其实不难,是细活,得专注,要沉得下心。

蒋雯倩说,功夫都在手上,长时间伏案,胳膊被桌沿蹭出一道道深褐色的印子,但心是静的。每每感到累时,张金芬说的"尽心"二字就会在脑海中浮现出来。一个农村妇女脱口而出的心得,让这个"00后"大学生充满了无穷的动力。

她觉得,需要修复的烈士遗物还有很多,更重要的是,那些东西承载着情感、记忆、嘱托,绵延着一代代人的追求与思念。每一次修复,既是对烈士及后人的告慰,更是对初心的追寻,对精神的唤醒。

她觉得,修复烈士遗物,就是在讲中国革命的故事。她希望能够静下心来,把故事好好地讲下去。

37

在天安门广场观礼时,她带去了这张父亲的画像

为烈士找到亲人后,志愿服务团队有一个普遍的感受,就是英烈牺牲时都很年轻,甚至都没来得及留下一张照片。

这个遗憾必须想办法弥补!

有一次,志愿服务团队认识了陈荷珍老人。她的父亲陈忠根,是第27军第80师第238团高机连战士,1951年9月在朝鲜东沙洞阻击战中光荣牺牲。

陈忠根没有给子女留下什么,只留下了一张烈士证明书和一些家书,这是父女间仅有的联系纽带。

修复烈士证明书和家书,是陈荷珍老人多年的心愿。

岁月流逝,信的纸张慢慢泛黄,字迹淡了,褶皱处也都破裂了;烈士证上缠满了胶带,如果要将胶带和纸张强制分离,就会破坏烈士证的完整性,只能先将胶带纸进行湿化处理,然后使用脱胶剂,结合擦拭法用小镊子除胶……

在修复书信的时候,志愿服务团队的成员们会用水笔给淡了的字迹上色,信上的很多字都看不太懂,但内容都差不多:先是三言两语说自己一切都好,然后让父母妻儿注意身体。

收到修复好的证明和书信,陈荷珍老人如枯井般干涸的双眼湿润了。

"哎呀,我多少年没有哭了,我的眼泪都在小时候流完了。"

父亲牺牲的时候,陈荷珍才一两岁。母亲改嫁到很远的地方,她从小跟着务农的奶奶长大,日子过得艰难。小时候,她常常半夜被奶奶的哭声惊醒,不知道该怎么办,只能躲在被窝里装睡。年幼的她越想越难过,觉得所有的委屈,都是因为别人有爸爸而她没有。

祖孙俩各自抽泣。哭着哭着,她就会梦到爸爸,穿着一件崭新的军装,从很远的地方走来。但是,她从来没有看清爸爸的脸。

陈荷珍16岁的时候,有一次跑到江苏去找妈妈,妈妈有了新的孩子,自顾不暇。陈荷珍说,我不是来给你添麻烦的,我就是想问问:你还记得我爸爸吗?他到底长什么样?

妈妈为难地看着她,只是摇头。陈荷珍很难过,她很想用大哭一场来表达自己的委屈和不甘,却发现一滴眼泪也没有。

再往后,日子倒是一天天好起来。根据烈属优待政策,陈荷珍成为宁波市社会福利院的一名医生,之后有了自己幸福的小家,退休后一直致力于社区公益事业,也很充实和快乐。只是,童年的遗憾就像心里的一根刺,会在不经意间,在看不见的地方"扎"她一下。

"爸爸走的时候21岁,和你们差不多大。"陈荷珍看着眼前的志愿者,一遍遍抚摸着修复好的烈士证说,"后来他的一个战友告诉我,直到牺牲的最后一刻,他都在拿着枪打天上的敌机,一直打到血流干。我无数次地想象过这个画面,我能想象他的姿态,但是我想象不出他的面孔、他的表情。我好想知道,他到底长什么样子。"

在场所有人都无比动容。烈士没有留下一张照片,奶奶以前也没有具体地描述过,爸爸到底长什么样,只说长得很精神,和陈荷珍长得很像。

这时,一位志愿者想起来,浙江传媒学院的武小锋老师可以画像,或许可以去问问。

武小锋老师一听是为烈士画像,立刻答应下来。

根据陈荷珍和她两个姑姑的照片,他进行了精心的再创作。

在亲属照片的基础上调整服饰、眼形、脸形……他把对革命先烈的情感,全部寄托在了画像上。每一笔,都是内心一句深沉的话语;每一种色彩,都是内心最真挚的崇敬。完成后,他把画像装进镜框,双手捧着,亲自送了过来。

一迈进陈荷珍家的大门,老人急切地迎了上来:"快让我看看!"

武小锋却有几分迟疑:"阿姨,你稍微再等一下。"

原来,陈荷珍走近的那一瞬,他发现,她的鼻梁是比较细、比较扁的,自己画得有点宽了。

他赶紧把画取出来,又作了一点小小的调整:把鼻梁调细,跟陈荷珍更像一点。

接过那张画,陈荷珍先是细细端详着,然后将它抱在怀里,姿势像抱着一个初生的婴儿。

2021年7月1日上午,庆祝中国共产党成立100周年大会在北京天安门广场隆重举行,各族各界人士7万余人出席庆祝大会。陈荷珍作为重点优抚对象代表,受邀赴北京现场观礼。在天安门广场观礼时,她带去了这张父亲的画像。看到眼前一架架飞机列阵长空,一排排战车隆隆驶过,她从16岁起就再也没有流过的眼泪,终于又一次夺眶而出。她喃喃地说:"爸爸,你看到了吗?70年了,这个国家是不是和您当初想象的一样?"

隔着百年的光阴,先烈们与今天的年轻人迎面相遇。这时,先烈们从一个标签、一个符号,渐渐变成一个立体而生动的人。

通过这种特别的、具体的修复照片的方式,志愿服务团队慢慢地走近先烈——认识他们,理解他们,理解了他们的理想,理解了他们的报国之志,理解了他们为了一个更好的世界而义无反顾地牺牲……

大家觉得,先烈们从没有离开,只是留在了昨天。他们一直站在那里。他们注视着挚爱的大地一点点接近自己的理想。

他们注视着一个世纪后的年轻人,怀着同样的理想和热情投入这个世界——百年以后,在这个波谲云诡的世界,一些从来没有改变过的东西——例如信仰与精神的力量——又重新焕发出活力与生机……

一张照片,连通起当下与历史两个时空,传递着今人和先烈的精神对话。

38

"得想办法让他们对先烈的故事感兴趣"

从"我为烈士来寻亲"到"我为烈士修遗物",这个志愿服务团队的故事还在延伸。

去烈士陵园,孙嘉怿常常会遇到孩子们,有的来参加学校活动,有的被父母带着来"受教育"。

有一回,一个从烈士墓碑后面突然跑出来的小男孩吓了孙嘉怿一跳。

小男孩向她道歉,见孙嘉怿在抄墓碑上的资料,便好奇地问:"为什么要抄这个?这个人是怎么死的?"

孙嘉怿留意到,他说的是这个"人",而不是"烈士",是"死"而不是

"牺牲"。他带着懵懂的眼神，问了一个非常直白的、没有任何感情色彩的问题。她愣了一下，下意识地回答道："这位烈士是在抗美援朝战争中牺牲的。"

男孩"哦"了一声，跑走了。

看着那些蹦蹦跳跳穿梭在陵园里的孩子，孙嘉怿突然间意识到，对他们来说，这可能只是一次春游，是培训班间隙里一次难得的放松。他们不认识这些烈士，不了解他们的故事，怎么可能产生共情呢？

这不是他们的错。一个陵园里躺着几百名烈士，一串名字就只是一串符号，孩子们是没有概念的。但要引起他们的兴趣也简单，就讲故事呗。

她想试试。有一天，她见到烈士陵园里孩子比较多，就来到他们身边："阿姨问你们一个问题，你们觉得美国军队很厉害，对不对？"

"对啊！"

"那你们知道美国的'北极熊团'吗？这么厉害的北极熊团，被我们的志愿军打败了，你们知道后来发生了什么事吗？"

孩子们用期盼的眼神看着她。

孙嘉怿便讲了一个小故事——

有一次，战斗结束后，志愿军战士们在打扫战场。这时，炊事员背着做饭的锅转了几圈，说是要找一块布蒸土豆。于是，一位小战士拿出了一块蓝色的绸布，说刚好有一块现成的，还挺干净的。

炊事员一看，这块布一米五六长，四周有黄穗，上面除了一只张着翅膀的老鹰，还有一只北极熊。他虽不识英文，但也能认出来这是美军的东西。大家都饿着肚子，敌军的布不是不可以用来作蒸布，但在一片狼藉的战场，这么考究的布必定有些来头。炊事员赶紧向营长汇报，营长叫来翻译。翻译一看，惊叫了一声：哎呀，这不是美军"北极熊团"的团旗吗？

"美军打仗很厉害,但是我们志愿军更厉害。为什么?虽然我们的武器不行,但志愿军官兵特别勇敢,打起仗来有一股不要命的精神。所以这么厉害的'北极熊团'才能被我们拿下。"孙嘉怿绘声绘色地讲完这个故事,孩子们"哇"地欢呼了起来。她便趁热打铁:"我们宁波也有一支英雄部队,亲历长津湖之战。这支队伍是由宁波四明山抗日的浙东游击纵队成建制改编的,特别勇敢,但是很多人在抗美援朝时没能回来,长眠于异国他乡……"

她看着孩子们眼里亮晶晶的光,就知道他们已经被成功吸引。"有一位宁波的烈士牺牲后,家人在这个陵园里设了衣冠冢,大家可以去找一找,他是谁。"孩子们四下散开去,一个个去读烈士的简介,了解他们的生平。很快有人叫了起来:"找到了,他叫汪文才。"大家一下子都围了上去。孙嘉怿说:"那我们先给烈士鞠三个躬。鞠完了躬,我再给大家讲这位烈士是怎么牺牲的。"

后来,这成了孙嘉怿在烈士陵园讲故事的"操作套路":先了解这个陵园烈士的故事,然后通过具体的故事来吸引孩子们,再回到历史本身——当遥远的"事迹"变成有温度的"故事",拉近了地理和心理上的距离,就变得容易接受起来。故事讲完,很多孩子会继续去了解、去追问,还会说:"我今天晚上要把这个英雄的故事写下来,太有意思了。"

孙嘉怿觉得,言传身教就是最好的教育。从教育孩子这件事起,孙嘉怿也开始思考。很多人一听"爱国主义"就没兴趣,因为我们从小到大接受的爱国主义教育太宏大、太抽象、太枯燥,真正跟孩子们接近的东西很少,所以他们提不起兴趣,容易打瞌睡。

得想办法让他们对先烈的故事感兴趣!

于是,孙嘉怿发起了"英烈故事我来讲"活动,和其他志愿者一起到中小学校给学生讲述烈士故事。

电影《长津湖》热映的时候,孙嘉怿通过其中的人物,到中学校园里讲了很多故事。

"你们最喜欢哪个角色?记得雷公这个角色吗?临别之际,他唱起了《沂蒙山小调》。你们知道吗?雷公的原型之一也是山东沂蒙人,他叫庄元东。长津湖战役期间,他是第27军第80师第239团2营4连指导员,'北极熊团'的团旗就是他们连缴获的。"

底下的学生们睁大了眼睛,期待着孙嘉怿把故事讲下去——

这个大名鼎鼎的尖刀连曾冒着极寒天气挺进长津湖,那是朝鲜最冷的时候,最低温度可以达到零下40摄氏度。他们穿着单薄的棉衣向敌人悄悄摸了过去,双方随即发生激战。不幸的是,指导员庄元东牺牲。"往死里打!一个都不要留!为指导员报仇!"连长李昌言对战士们喊道。随后,他们一举捣毁"北极熊团"团指挥所,击毙了"北极熊团"团长麦克莱恩上校,缴获的"北极熊团"团旗差一点被当成蒸布,现在它被陈列在中国人民革命军事博物馆。

仗打胜了,但英雄永远长眠于长津湖,这么多年一直孤孤单单,默默无闻。"你们知道我们是怎么找到他的家人的吗?"

那是她要讲的另一个故事,关于"三个土豆"的故事:

"2018年3月,我接到了一个电话。说是要找庄元东的家人。我就问他:庄元东是你家人吗?他说,不是的,他是我爷爷最惦记的人,我是为爷爷找的,他已经找了很多年,现在爷爷去世了,我接着找。

"打电话的人叫王春山,他爷爷就是庄元东所在连的副连长王祥林。每当过年,爷爷总是让他朝着东北方向摆副碗筷,祭拜指导员庄元东。他一遍遍地和孙子说:庄元东牺牲前'都没吃上一口饱饭,他三天只吃了三个冻得比石头还硬的土豆。每次吃的时候,他都先揣到怀里软化一层啃一层'。"

孙嘉怿讲得很动情,人人都熟悉的、画面感特别强的土豆,打动了孩子们。

"我就开始到处找,后来在一篇回忆录里看到了庄元东的名字,作者的入党介绍人正是庄元东。上面写道,庄元东是山东省沂南县人,中国人民革命军事博物馆中陈列的美军'北极熊团'的团旗就是由他缴获的,这也是中国人民志愿军在抗美援朝战场上缴获的唯一一面团旗。我这才知道,原来他这么了不起。但是除了那些老战友,很少有人知道他的故事。我就想,一定要找到他的家人,于是发动大家一起找。2019年9月,终于在山东省沂南县庄家村找到了庄元东烈士的后人。"

孙嘉怿给孩子们看烈士的照片:"你们看,他是不是很帅?浓眉大眼,个子也高。1950年,他刚刚和村里一个姑娘成了家,就去了朝鲜,不久后牺牲。妻子收到了一本烈士证,她不知道他是怎么牺牲的,不知道他埋葬在哪里,也不知道她日思夜想的丈夫是这么了不起的英雄……"

孙嘉怿在很多孩子的眼里看到了泪花。

当然,这件事还有一个后续。庄元东侄子的孙子将这件事写进作文,老师看到后大为感动,立刻联系了他家长,然后就将这个孩子所在的中队命名为"庄元东英雄中队",号召大家一起向英雄学习。

后来,有志愿者修复了庄元东烈士的照片。2023年暑假,孙嘉怿带着女儿将照片送回烈士的家乡临沂市沂南县砖埠镇。临沂第一实验小学庄元东英雄中队的孩子们和她们一起,"送烈士回家"。当队员们接过庄元东烈士像,捧在胸前时都已热泪盈眶。随后,队员们用笛子吹响了《沂蒙山小调》,表达对英雄的崇敬之情。

那婉转悠扬的笛声,久久回荡在青山绿水间,也像清澈的泉水,洗涤着孩子们的心灵。

都说爱国主义教育要"入脑入心",但"入脑入心"的前提应该是"入眼入耳":让青年学生能够看得见,能够听得进。这几年,孙嘉怿练的就是"入眼入耳"的功夫。

孙嘉怿通过各种方式上思政课,她越来越发现,身边的英雄更能引起人们的共鸣。如果孩子们发现,家乡就有一个英雄,他出去之后参加过一场战斗,他的家其实离自己很近,就会觉得这个英雄很亲切,也会努力想再了解更多先烈的事迹。

在宁波,她给孩子们讲得最多的,是余姚鹿亭乡四明山三五支队褚萃文烈士的故事。她努力地设计,将故事情节讲得一波三折——

> 褚萃文出生在一个非常富裕的家庭,他的父亲褚梅青是乡长,他是家中独子,下面有两个妹妹。他从小就很优秀,和你们一样,父母到处给他找好的学校,送他到溪口、梁弄上学。本来要去上海读书了,可是他没有去,他参加了三五支队。他父亲居然没有反对,你们知道为什么吗?
>
> 因为父亲表面是国民党的乡长,实际上是共产党员。他们家有一个很大的四合院,以前国民党部队、日本侵略军都住过他们家。但国民党和日本人都不在的时候,晚上共产党就会从后面山里溜下来,到他们家开会。褚萃文的房间,就是他们开会

的据点。

褚萃文看起来是个养尊处优的富家子弟,什么都不闻不问,但他从小就知道,父母是一心向着共产党的。好几个风雨交加的夜晚,那些偷偷来开会的人衣服都湿透了,母亲就拿自家的衣服给他们穿,然后给他们做吃的,帮他们把衣服烤干。他也知道六七岁的妹妹每次提着篮子往山上走,其实是被父亲派去送情报的。好几个大雪天,妹妹的棉裤都结了冰,冻得硬邦邦的,他心疼,父母亲更心疼,但妹妹还是要去,因为这么小的孩子不会引起敌人怀疑。

日本人来了。为了全乡人的安全,褚家人也得毕恭毕敬地招待着。有一回日本人在他们家里审问一名共产党员,将人绑在四合院的柱子上,拿做鞋的锥子从脚指头刺进去,逼他交代。那是我们的同胞啊,褚萃文在楼上看不下去了,要冲下去救他。但母亲一把拦住他,跪了下来,求他沉住气,不要轻举妄动。"你要是冲动起来,我们全家人、全村人,都完了。"

血气方刚的少年眼睁睁地看着这位先烈宁死不屈,肚子被日本鬼子剖开,心被挖出来。他攥紧拳头,上下嘴唇都咬出了血。

后来,褚萃文加入三五支队,这是一支共产党领导的抗日武装队伍。后来,褚萃文被日本人追杀,情急之下躲进祠堂的水缸里,身体浸泡在冰冷的水中,因此生了一场大病,差点没了命。褚梅青怕了,他只有这么一个儿子,自己可以出生入死,但儿子得好好的。他去找当时浙东游击指挥部独立大队大队长朱之光,说不想让儿子冒险。妻子摇头叹气,你拉不回来的,他已经不能回头了。

果然，朱之光留褚梅青吃饭，席间褚萃文走了出来，穿着一身三五支队的军装，气宇轩昂地站在他面前。这也是褚梅青第一次看到儿子穿军装，看到他的第一眼，他就知道妻子是对的，儿子心意已决，不会回头了。

褚萃文加入三五支队的事暴露后，褚梅青知道情况不妙，鹿亭待不下去了，便收拾衣服，连夜离开。在同志们的安排下，他到宁波开了一家米店，成为共产党的联络点。

褚梅青去世于1948年10月。他是突然晕倒，被人用门板抬回家的。用现在的话来说，很可能是脑溢血，回家后还没来得及说话，就去世了。乡里给他筹办了盛大的葬礼，很多人来吊唁。国民党反动派想，他的儿子肯定会回来奔丧，于是暗中布好了机枪手，准备捉拿褚萃文。可是褚家的这个长子一直没有回来，直到父亲下葬。

你们知道褚萃文为什么没有回来吗？是谁通风报信了吗？还是他有更重要的工作回不来？原因也许你们想不到——就在父亲离世的前几天，褚萃文已经牺牲了。只是那个时候家人并不知道。

父亲走了，褚萃文没回来，这个家里没了男人。他的奶奶、母亲、妻子、两个妹妹和女儿等啊等，一直等到1951年，等来了一张烈士证。母亲发现，儿子牺牲的时间只比丈夫早了几天，猜到丈夫可能是听到了儿子的噩耗，一时急火攻心才会不省人事。想到这，她悲从中来，泪流满面："你们一走倒容易，留下我们女人怎么办？"

那个时候女人要撑起一个家，太难了。褚萃文的妻子在婆婆的支持下改嫁了,女儿褚月芬说什么也不肯跟着妈妈走。"我是英雄的女儿,我不要做拖油瓶。"劳动力少,吃饭的嘴多,褚萃文的奶奶坚持要收养一个男孩子。从小拎着篮子送情报的妹妹褚杏芹最懂事,找了一个踏实勤奋、肯住到他们家帮忙的农民结婚,后来生下了女儿赵伟芬。

接下来就是下一代寻亲的故事了。

褚月芬和赵伟芬从小在一块儿,听着烈士的故事长大。成家立业以后,她们开始寻找褚萃文的安葬地,她们能想到的就是去民政局打听,但一直没有头绪。2018 年,褚月芬不幸患上了癌症,自知时日无多,她拉着表妹赵伟芬的手说:"这一辈子最大的遗憾,就是还不知道爸爸在哪儿,我真要到了那边,都不知道去哪里找他。"

赵伟芬也不知道怎么安慰她,满心酸楚。她也不知道该去找谁,只能问社区党支部书记。书记也到处打听,问到了另外一个社区的书记。

这位书记说:"我知道有个志愿者,叫孙嘉怿。"

说来也巧,孙嘉怿接到赵伟芬电话的时候,正在余姚梁弄的浙东革命根据地纪念馆。她很快在纪念馆里找到了褚萃文的名字,但没有牺牲地的记载,只说"牺牲于三五支队北撤途中"。

孙嘉怿皱起了眉头:"北撤,那范围可广了,从浙江,到江苏,到山东……"她安排了各地的志愿者去找,整整一年,没有任何消息。

眼看着褚月芬的身体一天不如一天,赵伟芬也很煎熬,她不想表姐带着遗憾走。

有的时候,最笨的办法或许就是最管用的办法。有个朋友想到一个主意:"如果你真的想找到,那就打北撤沿途的烈士陵园电话,把可能的陵园都打一遍。"

赵伟芬从来没有想到,网上一查,各地星罗棋布的烈士陵园居然有这么多。整整一个下午,朋友陪着她一起打,也不知道到底打了多少个电话。让她失望的是,折腾了一个下午,也没有查找到褚萃文的信息。就在这个时候,有个人告诉她一个退役军人事务局的电话,"这个电话经常占线,你一直打,直到打通为止"。

赵伟芬运气不错,很快就打通了电话。对方仔细查找有关资料后,告诉赵伟芬,褚萃文烈士是在睢杞战役邱屯战斗中牺牲的,安葬在河南省睢杞战役烈士陵园。赵伟芬赶紧联系表姐,褚月芬说,我正要找你呢,我无意间又找到了一张烈士证,我竟然不知道爸爸有两张烈士证!

那张1983年的烈士证上,就写着褚萃文牺牲于睢杞战役。赵伟芬说:"那就错不了了!"

赵伟芬赶紧联系孙嘉怿。孙嘉怿让河南当地的志愿者去陵园核实。志愿者的消息很快回复过来:"陵园里没有褚萃文,有一个褚华文,但年纪、籍贯、经历都对得上,是你们要找的人吗?"

"是的,一定是的,"褚月芬激动得落泪,"我要把爸爸的名字改过来。"

褚月芬的身体已经非常虚弱,赵伟芬便带着儿子和姐姐的儿女一起去了河南睢杞战役烈士陵园。虽然有烈士证,但对方也不敢确定褚华文和褚萃文是同一个人。为此,工作人员挨个儿给附近的陵园打电话,排除褚萃文安葬在附近陵园的可能。从早上一直联系到中午,都说没有找到。别的地方没有,不代表这里的这位烈士就一定是褚萃文。

工作人员请来了陵园负责人,但他也不敢确定。两个人一支接着一支地抽烟,皱着眉想办法。

这时,另外一位不知情的工作人员走了进来,瞥了一眼赵伟芬摊在桌上的烈士证："褚华文？你们是烈士家属？"

赵伟芬一激灵："褚华文？不，我舅舅叫褚萃文。"

"这是'萃'字？哎呀，真对不起。"对方赶紧道歉。赵伟芬却受到了启发："不，我要谢谢你。"她转头对陵园负责人说，"你看，这个字今天都会被人认错，不要说当年了，'萃'字和繁体字的'华'字很像，一定是登记的人认错了。"

对方也迟疑起来："那你想想，还有什么信息可以印证？"

赵伟芬一边搜肠刮肚，一边给母亲褚杏芹打电话："妈，当年舅舅牺牲的事，你还知道什么，都告诉我。"

六七岁时就为我党送情报的小姑娘果然不简单，到了90多岁依然头脑清晰。她想了想，提到了半个多世纪前的一桩往事：20世纪60年代，哥哥的一位绍兴战友曾经来看望她们，并带来了一张烈士照片。"这是褚萃文牺牲前留给我的，我想这张照片你们家可能没有，特意送过来留个纪念。"全家人看着照片抱头痛哭，这位战友也哭，边哭边说："当时有个战友劝他，我们都是家里的独子，打仗别这么拼，差不多就行了。他立刻翻了脸，说要不是我们是同一支队伍里的，我一枪毙了你。他打起仗来真的不要命啊，后来牺牲在一片高粱地里，血把地都染红了。"

记忆的闸门打开，赵伟芬隐约想起，当年那个叔叔提了这么一句话，只是当时她和表姐都还小，全家沉浸在悲伤里，没有多问一句，那片高粱地具体在哪里。

但听到"高粱地"，陵园负责人噌地一下站起来，一把掐灭了烟："那就是了！"

原来，这位熟知军史的陵园负责人知道，那场战斗确实是在高粱地里打的，老太太回忆中的这个细节让他相信，褚华文就是褚萃文。他表示愿意向上级申请,将烈士的名字改回来。

"一个小小的失误会造成几代人的遗憾,我们现在努力做的,就是补救一些当时的失误,让遗憾少一些。烈士为我们付出了生命,这是享受了美好生活的我们应该为烈士做的。"烈士陵园的负责人这样说。

多年寻找终于尘埃落定,表姐的心愿已完成,赵伟芬觉得压在心里很久的一块石头一下被挪走了,眼泪瞬间涌了出来。

之后不到两个月,褚月芬就离世了。走的时候看上去很安心,因为临终前,她断断续续地说:"到了那边,一定可以找到爸爸了。"

39

每一位烈士终将被接回温暖的家园

一项事业的成败,往往取决于参与者有没有"未来眼光"。

"我为烈士来寻亲"的故事,激励着越来越多的人加入孙嘉怿的队伍。

很多人在整理时会提出一个疑问:"这些烈士的资料都是志愿者从烈士陵园拍来的,我们怎么知道哪些烈士是已经找到家属后代的,哪些是还没有找到,需要我们去找的?"

孙嘉怿答复说:"以前是不知道啊。比如我们从烈士陵园拍摄了100位烈士的资料,其实大约有一半是已经找到亲属的。我们费尽心思找到了烈士亲属后才发现,他们其实是知道的,也去祭奠过,只是陵园的工作人员不知道。这样我们就做了很多无用功。但现在，烈士陵园档案信息化建设做起来了，只要家属去过，陵园就会登记。没有家属的，陵园也会主动和我们联系，将烈士信息发给我们。所以你放心，你们现在找的，都是暂时还没有找到亲属的。"

这些可喜的变化，来自2020年全国"两会"上的一个议案。

那一年，全国人大代表、安徽省广播电视台记者吕卉到宁波采访孙嘉怿。聊了很多故事以后，吕卉问她："你觉得国家在这件事上还可以做什么？我可以向全国'两会'提出来。"孙嘉怿说，希望各陵园加紧信息化建设。"我们拍了那么多资料，工作量最大的无非就一件事，整理资料。如果各陵园能把自己的烈士资料先分门别类地整理好，把亲属信息汇总好，我们做的无用功就会少很多。把主要精力放在寻找上，效率也会大大提高。"

当年的全国"两会"，吕卉提交了"推进烈士陵园档案信息化建设"的议案。

2021年4月2日，退役军人事务部开通了"烈士寻亲政府公共服务平台"，全国73万多座烈士墓逐步实现动态信息化管理。

除了陵园，还有很多烈士葬在荒郊野外。孙嘉怿也会接到一些辗转打过来的电话，告诉她，在他们村庄附近的某一个地方，有一群没名没姓的烈士墓，没有人知道下面埋了谁。当年打仗的时候，条件艰苦，附近百姓匆匆把烈士埋了，有的是不知道他们的名字，有的是知道了也不敢写出来，怕敌人报复。久而久之，这些名字就被埋没了。但老百姓怀着朴素的感情，年年祭奠，代代传承。

有一次，一位老人打来电话，提供无名烈士墓的信息，并说："这些人都是当年为了建立新中国而牺牲的，我们不能忘了他们。"如今，村里年轻人都去外面打工了，老人很担心："将来我们不在了，谁来祭奠他们？

谁还会记得他们?"

"我们会记得。"明知道找到的希望很小,但孙嘉怿还是认真地写下地址。当年,无数革命先烈用"明知不可为而为之"的牺牲,才让革命的星火燎原,换来了当时很多人想也不敢想的盛世。"今后,随着科技的进步,越来越多人的关注与参与,会将越来越多不可能的事变成可能,每一位烈士终将被接回温暖的家园。"孙嘉怿说。

采访快结束了。孙嘉怿坐在我们面前。

还是那张清秀的面庞,还是那双大大的眼睛,这位宁波姑娘说起话来还是像机关枪发射一样,快速又流畅。

回顾过去,孙嘉怿感慨良多;展望未来,孙嘉怿信心满怀。

孙嘉怿说,这些年来,她亲眼见证、亲身经历了全社会"崇尚英烈、缅怀英烈、学习英烈、捍卫英烈、关爱烈属"的氛围日益浓厚的可喜过程。

2014年,十二届全国人大常委会表决通过了关于设立烈士纪念日的决定,以法律形式将9月30日设立为烈士纪念日。

同时,国家的英雄烈士褒扬纪念制度体系也不断完善和健全,公布施行《中华人民共和国英雄烈士保护法》,印发了《关于加强新时代烈士褒扬工作的意见》。

国家修订了《烈士褒扬条例》,启用了新版的"烈士光荣证",将英雄烈士保护纳入党和国家功勋荣誉表彰制度体系。

中央财政连续提高烈士遗属定期抚恤金标准。

退役军人事务部联合有关部门,共同建立英雄烈士保护部门联动协调制度,烈士烈属合法权益得到有效维护。

国家还加强了烈士纪念设施规范管理,特别令人高兴的是,有关部门积极开展烈士纪念设施信息采集校核工作,全面摸清底数,还对全国73万多座烈士墓实现动态信息化管理。

"以最近为例,听到的、看到的,都是令人振奋的好消息!"孙嘉怿如数家珍地向我们介绍起来——

在黑龙江,哈尔滨烈士陵园启动为烈士寻亲活动,并公布烈士寻亲线索,发动社会力量共同参与爱心行动。

在山东,济南市成立烈士寻亲中心,组建寻亲工作专班,率先运用DNA鉴定技术为济南战役无名烈士寻亲。

在浙江,"我为烈士来寻亲"全国志愿联盟成立,携手全国各地20余支"我为烈士来寻亲"服务团队等社会力量共同参与到为烈士寻亲的行动中。

在四川,全省各级退役军人事务部门从2019年开始就一直在为烈士寻找亲人,启动"为烈士寻亲,让忠魂归根"专项活动。

在广西,自治区退役军人事务厅联合广西烈士陵园等多个单位面向全国发起了"致敬英烈,为烈士寻亲"公益活动。

在海南,省退役军人事务厅策划开展"祖国不会忘记·我为烈士寻亲"大型寻亲融媒体节目,充分调动社会力量,加入为烈士寻亲的队伍,为众多无名英烈找到"回家的路"。

……

英雄从未远去,人民永远铭记。对英雄烈士最好的纪念,就是弘扬他们的崇高精神,汇聚起全面建设社会主义现代化国家、全面推进中华民族伟大复兴的磅礴力量!

此时此刻,我们的耳畔再次回荡起这些激动人心的声音:

"我们一定要牢记革命先辈为中国革命事业付出的鲜血和生命，牢记新中国来之不易。"

"对一切为国家、为民族、为和平付出宝贵生命的人们，不管时代怎样变化，我们都要永远铭记他们的牺牲和奉献。"

"理想之光不灭，信念之光不灭。我们一定要铭记烈士们的遗愿，永志不忘他们为之流血牺牲的伟大理想。"

"对一切为党、为国家、为人民作出奉献和牺牲的英雄模范人物，我们都要发扬他们的精神，从他们身上汲取奋发的力量，共同为推进中国特色社会主义伟大事业、实现中华民族伟大复兴的中国梦而顽强奋斗、艰苦奋斗、不懈奋斗。"

"实现我们的目标，需要英雄，需要英雄精神。我们要铭记一切为中华民族和中国人民作出贡献的英雄们，崇尚英雄，捍卫英雄，学习英雄，关爱英雄，勠力同心为实现'两个一百年'奋斗目标、实现中华民族伟大复兴的中国梦而努力奋斗！"

……

时代垂青奋斗者，星光不负赶路人。伟大的新时代，从来不吝惜给予能够肩负起重任的年轻人以崇高的荣誉。

2022年5月12日，2021年度全国学雷锋志愿服务"四个100"先进典型宣传推选活动名单公布，孙嘉怿榜上有名，获评全国最美志愿者。

2023年8月1日，中央宣传部、退役军人事务部、中央军委政治工作部、全国双拥办联合发布十位2023年"最美拥军人物"先进事迹，孙嘉怿名列其中。

这些志愿者是时代的一束光，让烈士和亲人们感到温暖，也照亮了崇尚英雄的志愿者前行的路。

为烈士寻亲,在给人们带来温暖的同时,也必将如星火燎原,在全社会树立起崇尚英雄、缅怀先烈的良好风尚。

孙嘉怿告诉我们,她只是"我为烈士来寻亲"志愿服务团队的普通一员,这个团队感人的故事还有很多很多,她所讲到的、我们所写到的,只是这个群体的一部分人与事,还有更多志愿者的故事同样精彩、同样感人。

"待下次有机会再慢慢细聊吧。"孙嘉怿的脸上满是遗憾的表情。

是啊,"崇尚英雄才会产生英雄,争做英雄才能英雄辈出"。先烈从未远去,英雄的精神永不过时。我们想,这个志愿服务团队,不也是如海潮般在中华大地上奔涌的、"关爱烈士"志愿服务团队中的一朵小小的浪花吗?这片充满生机和活力的沃土,一定会在崇尚英雄、学习英雄、关爱英雄的大潮中,汇聚实现中华民族伟大复兴的磅礴力量,推动伟大祖国走向更加光明灿烂的未来!

尾声
烈士的墓碑与民族的丰碑

是的,写到这里该收尾了。

这是这本书的最后一组镜头:2024年2月15日,甲辰龙年正月初六。孙嘉怿"我为烈士来寻亲"志愿服务团队一行来到辽宁省沈阳市抗美援朝烈士陵园,代烈士亲属们祭扫先烈。

是啊,烈士亲属们有些早已行动不便,但他们的心时时刻刻在牵挂着亲人们!

天气虽然寒冷,却非常晴朗。蓝天如洗过一样,湛蓝,清澈。

远远的,一行人就看见那座20多米高的由花岗岩砌成的四棱锥形纪念碑。碑体正面,是"抗美援朝烈士英灵永垂不朽"十二个金光闪闪的大字。纪念碑顶部是中朝两国国旗,旗下是手握冲锋枪、巍然屹立的志愿军战士铜像。纪念碑底部,是铜铸的鲜花花环。"煌煌烈士尽功臣,不灭光辉不朽身。鸭绿江南花胜锦,北陵园畔草成茵。英雄气魄垂千古,国际精神召万民。峻极高山齐仰止,誓将纸虎化为尘。"一首七言律诗,让每一个前来瞻仰的人,都感受到抗美援朝伟大精神。

今天,纪念碑在蓝天的映衬下显得格外高大、庄严。

临行前,一行人亲手包了饺子奉献给革命先烈。他们亲手包起的,不仅仅有香甜的饺子馅儿,更有对先烈的深厚情感。

一行人来到英烈墙前。一大捧黄色的菊花,摆放在修复好的烈士遗像前。还有馒头、饼干、牛奶、果汁,和所有他们能够想出来的,都摆上来了!这些烈士牺牲时还那么年轻,什么都没吃过,甚至牺牲前连一顿饱饭都没吃上啊!说着这些,孙嘉怿的眼泪就不知不觉地流了下来。

让孙嘉怿一行感到欣慰的是,英烈墙边挂满了"致敬英雄"的寄语:"烈士们,感谢你们的付出,我们现在过得很好,希望你们在天有灵,可以安息了。""英雄们,亲人永远惦记你们!"……

看到这些充满感情的文字,每个人眼里都流出了晶莹剔透的泪花。

抗美援朝烈士纪念馆里,有一面红底白字的背景墙。背景墙上写着:

每个中国人
一生都要
来一次的地方
致敬英雄
1950—1953

孙嘉怿一行感动着,也欣慰着。

阳光静静地照射着烈士陵园里先烈的墓碑。

那一刻,孙嘉怿浮想联翩。

她想到,这些年来志愿服务团队经历的风风雨雨。

尾声 烈士的墓碑与民族的丰碑

她想到,这些年来听到的、深深地打动内心的一个个革命先烈的故事。

她想到,这些年来国家层面的一系列铭记英烈、纪念英烈的活动,及其对推动全社会敬仰英雄、学习英雄产生的重大意义。

她想到,作为新时代的青年,肩负的"传承红色基因,赓续红色血脉"的历史责任。

望着一排排烈士的墓碑,她想起了民族复兴的丰碑。

实现中华民族伟大复兴的中国梦,激励着亿万人民的心。中华大地上,民族复兴的丰碑高高耸立。望着这巍峨高耸的丰碑,我们不应该忘记这片广袤、深厚的土地上星罗棋布的革命烈士墓碑!

是啊,党旗、军旗、国旗,底色全部是红色,那是革命先烈的鲜血染成的。没有革命先烈"为有牺牲多壮志",哪里有国家和民族的"敢教日月换新天"?没有革命先烈的鲜血与铁骨构筑的墓碑,哪里有坚不可摧的民族复兴丰碑的底座?没有革命先烈精神的滋养,哪里有今天心怀复兴伟业、担负强国重任的新时代青年?

先烈们为祖国和民族建立的丰功伟绩永载史册,他们的崇高精神永远铭记在人民心中!

在孙嘉怿看来,烈士墓碑与民族复兴的丰碑,早已深深地熔铸在一起。不管时代怎样变化,新时代的青年都会永远铭记英烈的牺牲和奉献,让英烈精神在潜移默化中融入民族精神,根植于青年一代心中!